播音系男生

●李子璇 著

新疆生产建设兵团出版社

图书在版编目(CIP)数据

播音系男生 / 李子璇著. -- 五家渠:新疆生产建设兵团出版社,2019.12(2024.4重印)
(绿洲文库)
ISBN 978-7-5574-1378-1

Ⅰ.①播… Ⅱ.①李… Ⅲ.①散文集—中国—当代 Ⅳ.①I267

中国版本图书馆CIP数据核字(2020)第125536号

播音系男生

出版发行	新疆生产建设兵团出版社
地　　址	新疆五家渠市迎宾路619号
邮　　编	831300
电　　话	0994—5677185
发　　行	0994—5677116
传　　真	0994—5677519
印　　刷	永清县晔盛亚胶印有限公司
开　　本	32开
印　　张	6.75
字　　数	120千字
版　　次	2019年12月第1版
印　　次	2024年4月第2次印刷
书　　号	ISBN 978-7-5574-1378-1
定　　价	36.80元

目 录

001 自 序
004 第一章
088 第二章
136 第三章
184 第四章
206 后 记

自　序

进入大学第一天,就和这本书结缘了。这里面写的是自己和自己身边的人,无论孤独欢笑还是幻想,都是大学生活某个侧面的写照。

这里记录着我的局限和浅薄,但也有青春的热血和真诚。

青春校园为什么珍贵,因为有梦想。

来到四川传媒学院,她的精致与绚烂,是我们青春梦想的最后土壤。

这里不会因为谁的留下而欢笑,也不会因为谁的离去而哭泣,她只给我们展开了一条通往梦想的道路。

对每一个川传人来说,这都是最好的学校,因为,她见证了我们的成长也承载了我们最好的年华。

大学四年,最让我感激的是你们——我青春岁月的领航人!

安哥、球哥,我的两任辅导员,一个沉稳一个活泼。都把我们当成自己的兄弟……

大二时,经历了为同学担保被骗事件,贷款公司的人到学校找我,安哥第一时间把我保护起来……只要关系到学生的利益,安哥一定是冲在最前面保护我们的人。

人生所谓良师益友，云天高义，莫过如此了。安哥教给我们的，不仅是知识，还有责任、教养和自律，因为他，我渴望自己将来也能成为一名教师。

难忘的，还有美丽善良的桐姐。桐姐教我们大一的专业课，班级里的同学来自五湖四海，每个地方都有一些方言及语音缺陷，桐姐在上课校正时不厌其烦，直到教会为止。彼时她还在中国传媒大学深造，有时周末飞去北京上课，返回成都后还要在晚上给我们加课，再辛苦都始终浅笑盈盈。

萍姐，热爱文学的我，最喜欢上你的大学语文，"若有诗书藏在心，岁月从不败美人"是对萍姐最好的写照。

想起许峰老师，总会嘴角上扬，仿佛阳光洒在心上。虽然峰哥只带了我们一个学期，但他的教学方式是我最喜欢的。峰哥教学极严，点评极苛刻，却让我们痛并快乐着。

哦，张妈、琳姐、苏姐、颖姐、姗姗姐、谢老、开哥、彬哥、楠哥、肖哥，还有其他曾经给我们教课的老师，我会永远深怀感恩，记住这段特殊的光阴，以及这段光阴里的你们！

睡在一间屋子的兄弟们——东哥，木哥，腾哥，犹记得酒肉穿肠后，我们拍着还没有肥膘的胸脯一起吹牛；熄灯后的卧谈会也都以笑谈美女为主；他日江湖相逢，再当杯酒言欢，致敬我们那一去不返的青春。

年轻的时候，能够有幸成为同学跟室友，这是我们的福分！

我们呼吸同一间屋子里的空气，坐在同一间教室，关注相同的人物和事物，享受相同的空间与时间。甚至——有幸成为同桌或恋人！

记得《东邪西毒》中有一段话："我最好的时候，没有跟最喜欢的人在一起。"真是人生一大遗憾。

感恩感谢，我一生中最好的时候，有你们！

让我们永远记住对方！永远不要因为别人的眼光，凑合自己的人生。

愿多年以后，我们仍心存善意，各自向前。

未来的路还很漫长。愿我们阅尽繁华，依旧初心不改，走出半生，归来仍是少年！

今后，无论朝九晚五，还是浪迹天涯，愿我们每个人都活出自己的精彩。

让我们共同相信，青春有无限的可能，在前方，未来发着光，有多得数不清的好日子正等着我们去过！

第一章

四川传媒学院，我来了！

2014年9月6日是我到学校报到的日子，通知书拿在手里快一个月了，这段时间我有过无数种想象，我即将开始新生活的学校是什么样子？也不知道和我想象中的是否一样。有时会突然莫名地紧张，很害怕大学和自己想象中的相去甚远，尤其当听到成都的朋友们告诉我，四川传媒学院所处的位置在郫县，就有些隐隐的失望。

离开学还有一周，我和老妈就提前到了成都，跟老妈的朋友们一起游玩了阆中古城、看表演、品美食、赏美景，夜游涪江，玩得很开心。阆中古城与丽江、平遥和歙县是著名的四大古城。阆中古城保留了唐宋时期的布局，整体建筑留存至今，其中修建年代最早的是元代和明代的几处建筑，其他多为清代建筑。阆中历史悠久，曾经是春秋时期巴国的国都，历朝历代都把阆中作为重镇，特别是三国时期，张飞曾在此镇守七年，所以走到哪里都有"张飞牛肉"卖，不过妈妈的朋友说，旅游景点的"张飞牛肉"都是卖给游客的，当地人可是不买账的。我妈最喜欢旅游,她的朋友们也都和她一样,还真是应了"人以群分物以类聚"的俗语。

我们被安顿到一家客栈住宿,说是住在这样的地方才有味道。阆中有很多庭院式的客栈,有树有花有水,感觉还很不错。我每天早上起来练声,就像在公园里一样。老妈的朋友们给我们普及了一些阆中的相关知识,如这里是中国状元之乡、春节的发源地等等。

最让我感兴趣的是阆中的夜晚。用我妈的话说就是:愈夜愈妖娆。如果有想去阆中的小伙伴,一定不要错过入夜的大型实景演出,江山美人都可以领略得到。只是,比起美景,我对学校的好奇更加强烈,心里像有一团火烤着,只想早早到学校去!所以一路上我都是走马观花。

报到那天,我想直接去学校,因为从新疆一起考来的老顾说他也是6日报到,我一心想跟他一起报名,好分到一间宿舍。当初我俩还开玩笑,说如果没分在一起,我俩就大声喊:你们谁想跟新疆人一个宿舍!估计吓也能吓走一半舍友了。

不过事情总是和我的想法拧着来,起床以后老妈一点也不着急,说是当地朋友这么热情的接待,不好催人家。我最烦这种情况,从来不把我的急事当回事儿!我早已成了热锅上的蚂蚁,还不急?她们居然还有兴致优哉游哉地看什么宋代青瓷博物馆,全然不顾我已经急得冒火了……

一直转到快中午了,我想这下总该去学校了吧?还是没有,老妈的朋友又把我们带到一个酒店吃午饭,我哪儿有心思吃饭,满心想着老顾那边还等着我呢!熬到下午3点饭局总算结束了,坐上出租车,司机告诉我们去川传差不多要两个小时。我心说到了也是晚上了,宿舍的事估计是不能如愿了。果不其然,半路上,老顾打来电话告诉我他等不及我,已经报完名了,我真的是气炸了。

唯一欣慰的是，车开得还算快，不到5点就到了目的地。老顾打来电话说他已经在宿舍安顿好了，和他一起住的美梦破灭，我难受得什么话也说不出来了，闷闷不乐地耷拉着脑袋挪着沉重的步子。不过后来得知，宿舍其实是早就分好了的，我即使一早到了，也不可能想和谁住就和谁住。

我跟老妈走到主教学楼前就不知道该往哪里走了，于是联系了之前上学时的专业课老师的朋友，我叫她萍姐。萍姐很久才接我电话，打不通电话的期间我烦躁得不行，妈妈又不合时宜地嘲讽了我几句，我从早上一直憋着的无名火实在克制不住，和妈妈大吵了一架。虽然每次和妈妈赌气都是话一说出口就后悔，但那天即使知道自己已经惹火了老妈，可还是心一横，眼看着老妈气得转身走人也没有挽留。可交学费的时候就遇到了麻烦，在家看通知书时，算了下觉得19000元就够了，老妈也就给我卡上打了这么多钱，没想到还有水电费、卡费等等，杂七杂八加起来需要22000元，还好老妈没走远，赶紧把她追回来帮我把学费交齐。交完学费老妈还是气呼呼地走了。

不过啊老天还是很照顾我的，放行李的时候突然看见一张熟悉的脸，是小玥！一个新疆美女，今年是大二迎新的学长了。我俩是今年冬天在新疆艺考的时候认识的，小玥颜值很高，所以我对她印象深刻，再见面一眼就能认出来。至于她也一下能认出我来，也有可能是因为我长得帅吧，我这样自恋地想着。短暂的寒暄之后，她就带我去领东西，军训服啦，脸盆啦，被子啦，她还担心我拿不动主动帮我拿。唉，真是个好姑娘，好人一生平安。

其间小玥离开了一段时间，我就被一些"有头脑"的学长骗着买了些二手的锁呀盆呀灯呀之类的物品，身上仅有的500元钱一瞬间被榨干。所有东西准备妥当以后,跟小玥一起去我的寝室,在15栋,萍姐已经在那里等着我了。萍姐个子不是很高,但很会打扮,衣着得体,给人一种很舒服的感觉,对人也很友好。

小玥把我送到寝室门口就走了。萍姐跟我一起进来帮我收拾宿舍,还找关系买了个便宜的床垫给我。

等床垫的时间,萍姐带我熟悉了一下校园环境。

川传的正大门应该是我入学前一两年新建的,看起来非常气派,一进门首先就是艺术体育中心跟艺术交流中心,一般校庆啊,迎接新生啊或者重大的晚会都在这里举行,场馆里可以容纳五千名师生。沿着正大门往里走不到50米就是学校的电影院,我简直不敢相信自己的眼睛,从来没见过学校里还有电影院的,而且拿着学生证都是半价优惠,萍姐介绍说,夜场50块钱可以连看四场,真的是非常方便划算了。

学校的面积不是特别大但也绝对不算小,萍姐带我逛完一圈也有两个小时了,我们宿舍离教学楼比较近,算是"市中心",去哪儿都不是很远,而且离"小春熙"二食堂三食堂都不远,学校后面还有个湖,名字很文艺,叫星光湖,湖里荷花娇媚,是播音系学生练声的好地方,看一眼就明白,星光湖承载着一代代学子的浪漫时光。

宿舍是四人间,我们进门时有三张床都已经放了褥子,给我留的是离"WC"最近的一张床。唉……萍姐安慰我说,虽然铺位离厕所近但是离窗户也近,没关系的。听了这话我心里舒服多了。床铺是上床下桌的设计,萍姐很麻利地上去帮我铺床。萍姐那天穿的是露脐装,我在床下看她铺床看得有点发呆。突然门开了,我立马回过神来,进来的是一个长得有点像卡通旺仔的男生,他一进门就跟我们打招呼。

"嗨,你也是这个宿舍的吗?"

"对啊!你好,我是李子璇,这是我学姐,来帮我收拾东西的。"

"哦哦,你好,我叫腾子。是不是很容易记的名字?"

"嗯,的确容易,那你是哪儿的人?"

"江苏。你呢?"

"我是新疆的,学姐也是。"

"哦哦,新疆的啊,我第一次见新疆人,嘿嘿。"

当时腾子给我的感觉就是一个典型的南方男孩,一听说我是新疆人,脸上那表情丰富极了,我心想:他脑中一定出现了一望无际的大沙漠和我们骑马上学的画面吧,跟他一个宿舍会不会很无趣啊。

萍姐忙完走了后,我打算逗他一下,看到他准备去洗衣服,我就说:"腾子,我这里也有几件衣服,你顺便帮我洗一下吧。"结果他二话没说就拿着我的衣服去水房了,挺大气。当晚宿舍里只有我们两个人,其他同学可能是因为家人还没走所以没回宿舍住。

晚安,成都。我的大学生活正式开始了。

你好,我的大学!

刚来成都,还真不习惯这里的气候。空气潮乎乎的,连被子也是潮的,对于在新疆长大的我来说简直是活受罪啊!但腾子这货居然还觉得成都气候太干了,真是醉了……

报到的第二天,妈妈和她鲁迅文学院高研班的三位同学来学校看我,都让我叫干妈。于是,我和一帮子"干妈"同游校园,合影留念。其中一位家住成都的作家干妈让我有空就去家里打牙祭，我愉快地答应了。

送走老妈和干妈们，我去老顾宿舍找他玩，我们相距特别远。去他那边要经过一个桥，而且还是个大上坡，19栋以后的楼都在桥那边，要走很长时间，师哥师姐戏称它为"绝望坡"，因为坡那边只有计算机课的教学楼，剩下的课都需要住在那边的学生过桥这边来听课，所以每天上课的时候大家一想到要走一大段路就很绝望，绝望坡因此而得名。不过喜忧参半，坡那边虽然远，宿舍可都是非常新的，比我们这边的条件要好太多，让我很羡慕。

由于新生还没有来齐，所以我们先到的人除了整理内务，基本上就没有什么事情可做。下午，宿舍电话响了，班主任让我们去播持楼406室集合开会。这是我们进入大学的第一次班会。我把班主任的样貌在脑子里脑补了半天，也想不出会是啥样。

等我进门以后，看见一个富态的中年人坐在讲台上，第一感觉挺威严的（后来才知道，安哥是八零后，年纪并不大）。班级门口贴着"2014级播本17—20班，班主任：安x。联系电话xxx。"今天来的人差不多是五分之四的新生了，班主任给我们讲了关于开学的注意事项，并强调晚上他会来宿舍查寝……嘚啵嘚啵讲了有一个多小时，直到5点多才结束。

等我回到宿舍，发现室友都已经来齐了。跟我睡对头的男生身材很瘦，个子也不是很高，但给人一种很亲切的感觉，我想可能是因为他长得有点像我的小舅，这位舍友叫木木，山西运城人。睡腾子对头的是一个大块头，第一眼印象就像是个打手，形象真是很符合当保镖。我只是这么想想，虽然我比较看重长相，但也不是以貌取人的人。他叫远东，河南新乡人。这样，我们宿舍四个人就都齐了，大家开始简单地相互了解。

当大家知道我是新疆人以后都非常惊讶,纷纷说我长得不像。难道新疆人有特定的长相吗?估计他们眼里的新疆人就是电视上看到的少数民族,我这样长着跟他们一样的面孔的汉族人,不符合他们对新疆少数民族浓眉大眼高鼻梁的认知。他们居然还问了我一系列稀奇古怪的愚蠢问题。比如说:你们那里有没有楼房?你们上课是不是骑马啦……真的让我很无语,难道大家平时不看新闻,不上网吗?看来内地对新疆的了解程度还很低。昨晚我还认为腾子对新疆认知太少,没想到概率还挺高。大概聊了一会儿,由于大家刚认识还不是很熟悉,所以在班主任来检查卫生前我们都是抢着干活。但以后的日子一定不是这样的,嘿嘿。

晚上8点,大家吃完饭陆续回来了,安哥也在我们楼门口出现了,因为我们寝室是一楼进门第一间,所以安哥最先查的就是我们。

安哥走进来边看边说:"嗯,收拾得还不错。"

他又往里走了走:"这吹风机不能放在桌面上!"

我连忙把吹风机收了起来。

安哥继续说:"咱这是艺术院校,我也知道你们要顾及一下自己的形象,咱们毕竟不是综合类大学。但是、但是,这种东西用完了就顺手收进柜子里,万一哪天领导抽查,发现了不但要没收,你们四个都会挨处分,懂吧!"

我们四个连连点头称是。

安哥又说:"你看,你们都上了大学了,都是成年人了,来到了我们这个学校,有幸成为同学,而且还是室友,这种缘分是你们应该珍惜的,大家要像家人一样在这里生活四年,有什么困难要互相帮助,有困难,找我。懂吗?"

"懂懂。老师放心。"

"嗯,宿舍卫生再打扫一下,你们自己选个寝室长出来,行了,我去查查别的寝室。"

我们四个确认了下眼神,掩住欣喜说:"安哥慢走。"

从8日早晨开始,就是我们为期三天的新生入学教育。8点半,大批人马一起涌向新校门的艺体中心,到了以后发现跟遭遇大假似的,黑压压全是人头,老师还不让我们提前进去……我们只好老老实实地在门口排队。时间一长,大家开始发泄不满:"过分的! 说的8点半开始,就是让我们过来排队的啊,我晕!"一个女生对旁边的同学说。

"就是,我连头发都没洗就跑过来了。"

"今天还是中秋节呢,我妈还没走,我想我妈了。"

"等这儿结束了去请个假应该就可以走了吧。"

……

听着她们七嘴八舌的对话我也顿时想老妈了……唉,报到那天还跟她吵架了,估计妈妈不会来看我了吧?(内心哭泣)等了将近一个小时,终于让我们进去了。大家你挤我挨你的往中心礼堂里走,差不多又是半个小时才陆续坐定。艺体中心很大,大概能坐三千人左右,除了中间的舞台,左右各有两个超大屏幕。之后就是马院长、张院长、书记……各种讲话,对我们进行一连串的"轰炸",把学校说得跟宇宙第一似的……虽然这种过誉的话我不认同,不过我觉得当你自己已经是这个学校一员的时候,就应该有这个觉悟,至少不该否定自己高中或者艺考时的努力。学校在我们心目中的定位不该是它过去是怎么样的学校,而是我们应该把它改变成什么样的学校,就算是这山望着那山高地进来,也要通过自己的努力昂首挺胸地走出去……

马院长讲了大概两个小时的时候,妈妈给我打电话说到学校来了,我开心地直接就奔出会场,都没有想着班主任是否看见。见到妈妈以后我又不好意思提前天吵架的事,就恨不得帮妈妈拿着所有东西。妈妈说要见见班主任,正巧安哥在中心门口抽烟,就直接带妈妈过去了。

"安老师您好,我是李子璇的妈妈。"

安哥看了我一眼:"你那天报到的时候旁边那个女的是……?"

"哦,那是我学姐,今年大二了,也是播持系的。"

"哦,这样啊……家长,孩子交给我们你就放心吧。先自我介绍一下,我叫安征,红军长征的征,我呢,不仅是他们的班主任,还是他们的系主任。所以在教学跟生活方面有什么问题都可以来找我,我的手机24小时都是畅通的。我希望家长一周至少给我打三个电话。"

"太好了,安老师,那您不会嫌家长烦吧?"

"不会,孩子是最重要的。"

安老师转身问我:"家是哪儿的?"

"新疆乌鲁木齐。"

"哦,新疆的啊。"他又对妈妈说:"你看,儿子是这样的一个公子哥,在有些方面一定要重点关注,毕竟来这里咱是学习的,我们就是要努力让每个学生成才。"

闻听此言,站在一旁的我直接郁闷了,我像公子哥?开玩笑吧。怎么得出这结论的?穿戴吗?我身上没有一样名牌啊。真想给他表演一下我在家拖地洗碗洗衣服的样子。哼,我煮的方便面我妈最喜欢吃了。

"那安老师,孩子就拜托您了,我这里带了一些新疆的特产……"

安哥摆了摆手:"家长的心意我领了,东西不能收,咱都是为了他们,好吧,您放心。"

"那安老师今天是中秋节,我能不能把李子璇带出去,让他跟我一起过中秋?"

安哥叹了口气:"家长,这几天我们都在进行入学教育,之后要考试,这个假我就不批了,有什么话您就现在跟孩子说吧。"

看到妈妈失望的眼神,我心里也翻滚着不舍,老是在她身边都感觉不到她对我有多好,等走出了家门,要分开了才真正有所体会,妈妈此时的反应让我格外温暖。妈妈又给我留了一些钱,我把妈妈送上车,记了车号,便返回艺体继续听院长的演说……

张院长的嗓音很独特:"你们都是我的孩子,有事儿找'张妈'!我是你们所有人在学校的妈!"

"哇哦!"台下一片欢腾。从此,我们大伙都叫张院长为"张妈"了。

到了9日下午,入学教育总算是告一段落了,10日,安哥说大班召集在一起开一次真正意义的第一次班会。班会的内容是每位同学上台做一个自我介绍,因为大班有一百多人,依次轮完之后天都黑了。

其他同学的自我介绍我记得不是很清楚,只记得自己当时说了一段比较激昂的话:"大家好,我叫李子璇,来自新疆乌鲁木齐。很多同学可能都认为我们家乡很乱或者有这样和那样的奇特猜测。但我想说的是,既然不了解,就不应该去随意评价或者判定我们新疆人就一定是这个样那个样。新疆有全国六分之一的国土,新疆人有海纳百川的心胸,新疆除了戈壁沙漠,还有最美的山川、河流和草原。我个人是很喜欢交朋友的,对朋友可以交心。如果大家想了解新疆,请先了解新疆人。另外,如果哪位同学以后要去新疆旅游,我可以免费给大家当导游,大美新疆——叫声璇哥我就带你飞……"

我的话引起了同学们的大笑。总体来说应该给大家留下了比较深刻的印象,因为整个年级也没有几个新疆的学生嘛。当晚我们就领了这学期的新书,为大学生涯的第一节课做准备。

开始新的生活

9月11日,星期四,是我高中毕业以来第一天上课,而且是走进大学课堂。

最让我感到开心的一件事就是,大学不会像高中那样占用我们的周末时间,所以这次开学只需上两天的课就到了愉快的周末。

拿到课表的时候,我就注意了一下周四的课程。好像还挺多的,有三节。早晨8:30—10:00是录音课,10:20—12:00是英语课,下午2:30—4:00是计算机课。英语跟计算机在中学的时候也学过,就不提了,这门录音课吊起了我的胃口,因为我从来都没有上过录音课,也从没去过录音棚,所以很期待,很激动。

刚开学,学校规定我们每天练声,早晨6点大家都必须起床。

又是这个问题——时差。在新疆,从来都没有6点起来过。唉,不过到了内地我就只能适应这里的环境,入乡随俗了。虽然晚上不够睡,但对于录音课的好奇心依然很大。结果按着课表走进教室才发现不是在录音棚上课,而是一间普通的大教室。不过想想也是,怎么可能第一节课就带我们这些生瓜蛋子去录音棚呢。

上课铃响过之后，走进来一个男老师，身材不高，刘海比较长，普通话很标准。这就是我对开哥的第一印象。开哥第一讲没有上课，而是跟我们聊天……告诉我们大学跟高中的区别以及在他的课堂上有什么要求等等。总的感觉就是这个老师比较好相处，是我们学生比较喜欢的那款老师。

之后就是英语课了。在我们陆陆续续进教室的时候，老师就已经坐在讲台上了。英语老师颖姐，看起来身材娇小，是迄今为止教过我的最漂亮的英语老师。不过当时一看是女老师我还是心头一紧，完了，这课以后估计是翘不掉了。果然，风格不像开哥。学生进来直接就开始点名。她第一节课也没有讲课，让大家一个一个上讲台做英文自我介绍。这个够狠，上来就是用英语介绍自己，这可难倒了一大片同学。

我赶紧拿出手机"百度"想找点灵感，不过时间太短，点名册上我的名字排在第五个，眨眼工夫就叫到我了，唉，只能硬着头皮上了。好在前几个同学说得都非常简单，跟他们比起来，我的自我感觉还是很不错的。尤其是句"Includingmyteacher."看起来老师比较受用。就这样，第一节英语课也是在大家的自我介绍中过去的。

令我没想到的是，下午的计算机课会是我们今天笑得最开心的一节课。

计算机课在新媒体楼上，而新媒体楼是离学校正大门最远的楼，在"绝望坡"的对面，离我们的寝室比较远，走过去后累得半死，进了教室直接就想找个位子睡觉。怪不得学长们称这片儿为"绝望坡"。刚找好舒服的睡觉姿势，彬哥就进来了。

彬哥的样子一看就知道是学习计算机的人，很符合宅男的形象气质设定，就是那种个子不高，长相一般，戴个歪歪的圆眼镜,喝汽水喝得满脸痘痘的那种,哈哈哈。而且四川本地的口音有点重,尽管他上课时一直很努力地在说普通话,但川普有时候更有笑点,大家还是会忍不住笑出来。

第一节课好像老师们都商量好了,就是跟我们聊聊大学生活,彬哥跟我们说话的时候,把自己的身段放得很低,反而让我们有亲近感,不知不觉就喜欢上他了。

晚上11点半熄灯,我们怎么可能这么早入睡呢。睡不着就跟舍友一直聊天,聊到差不多深夜2点的时候才睡,至于聊的内容嘛,总结起来,就是那句:吃得苦中苦,睡得心上人。真是很"励志"吧,哈哈。导致的结果就是第二天早晨起床那叫一个痛苦。啊啊啊啊啊……简直是受不了。之前每天早晨都是洗好澡收拾干净,整理好发型戴上隐形眼镜才出门。周五因为起晚了,仓促穿好衣服,临出门前戴了一个帽子挡一下发型,而且,上大学之后我发现自己的发际线开始后移了,这头发收拾起来别提有多麻烦。

练完声,随便吃了个早饭就跟室友一起去4教演播教室。因为每周五是我们的专业课,专业课教室我以前在新疆大学蹭课的时候就见识过。大家都坐好了以后,专业老师进来了——是个女老师。我们叫她桐姐,她的声音真的是美爆了!听起来像过了电一样,我立马决定今后好好听她的课。

听说她十一的时候还要去中国传媒大学读研。唉,履历也这么好,跟着她学专业应该会进步很大吧!同样的,第一节课老师不讲课,跟我们说一个班分为上下组上课,也就是每人可以任选一个时间上半天课就好啦。我不喜欢玩一半然后干正事,所以果断地选了上午组。之后桐姐大概跟我们说了每个地区来的同学发音都有哪些不足(唯独没提我大新疆,真的好伤心),不过我是知道自己的短板的,前后鼻音不到位。但我想跟着桐姐学习,要改正也应该不是特别困难。过了中午,就代表这一周的课程全部结束了,之后便开始计划怎样度过这大学里第一个愉快的周末了……

这么美好的周末,当然不能在宿舍宅着了。其实刚来的那几天我就一直在川传的贴吧上找自己的老乡。一眼望过去跟我同级的老乡还真是不少,我们班就有一个新疆的女生——家住五家渠的旖雯,大家都叫她大姐。报到那天看到名单上有一个新疆的女生就在群里找她,之后我们在学校的小春熙的"谁人咖啡"见了第一面。和她一起认识的还有两位新疆老乡,两个男生都是一眼看过去就很亲切舒服的感觉,虽然老师说不能搞自己的小圈子,不过看见家乡人就是开心,其中一个胖点的男生家是伊宁市的,叫小兵,是表演系的小帅哥。另一个男生是配音系的,家是哪里的我不记得了。一帮子拌面、烤肉粉聊得真是很开心,腔调自动转换为"新疆台",随便一个哏大家都心领神会。分别时还约好周末一起出去嗨。

一大早,我穿着一身红往新大门方向走,到了周末,学校会全天安排校车接送我们去犀浦地铁站。等到了新大门老顾已经等着了,他旁边还有一个家在深圳的男孩儿,报到的时候见过,我们都叫他小七。小七的港台腔比较浓,跟我们这一群新疆人在一起怎么都感觉有点不伦不类,莫名地充满喜感,哈哈!

坐上校车,大家都在畅想到了市里该怎么玩,顺便吐槽了一下学校的地理位置。我们学校位于成都郫县团结镇花篱村。听名字就知道离市里很远,讲真,校车只是把我们送到犀浦地铁站,之后我们自己坐地铁到市里。来回一趟怎么也得两三个小时,不过因为出去玩大家都很兴奋。上届也有我的一些同学、朋友在成都上学,今年正好给我们当导游。

到了春熙路,我们才真正感觉自己是城里人了。

一行人在春熙路碰到了我以前的高中同学元元跟他女朋友。挺羡慕他们,从高二开始就一直在一起,如今一起出镜还是你侬我侬的神态,模范情侣必须给个赞。元元带我们逛了一天的春熙路,陪我们买了不少东西。快到下午的时候,先是带我们去订了酒店,然后就一起去吃烧烤,成都好吃的东西真心多,物价却比新疆低。成都人好吃,有特色的酒楼、饭馆、小吃店、火锅店总是生意兴隆,这家烧烤店我们排了整整两个小时的队才等到位置。酒足饭饱,就被带去了成都最有名的兰桂坊,叫了几件酒,漫无边际地胡扯闲聊,学了些"憨痴痴"了,"瓜兮兮"这样的方言,这个夜晚,用我刚学来的成都话形容,就是"好安逸哦"。

第二天都很疲惫,觉得枕头亲极了。但即使这样,大伙还是跟我去了干妈家里,干妈家在成都,是真正的美女作家。干妈是我亲妈在鲁迅文学院高研班的同学,在我考到成都之后自告奋勇要照顾我,还陪着我妈和另外三位同学一起来学院看望我。之后她就成了我的干妈。所以,今天,我就带着这帮狐朋狗友一起找干妈,跟他们炫耀一下我那拉风的干妈,再蹭顿午饭去也。

我们这帮子"狼",除了我跟老顾之外别人见生人还是不太会说话的。我感觉已经和干妈是一家人了,所以在干妈家不怎么拘谨,干妈有个女儿,这个妹妹是个超级学霸。必须夸一夸老顾了,哄家长本事一流,跟我干爹聊得那叫一个忘情,在干妈家,虚荣心得到了满足,吃完一顿香喷喷的美食之后,我们一伙人心满意足地回学校了。因为每周日晚上都要开班会,所以周天晚上是不能在外面留宿的。

开学的第二周,基本上还没有从高中毕业的那个疯狂暑假里缓过劲儿来。想想那时候的日子,试也考完了,老妈也上班去了,再也没有人天天喊着让我看书背单词了,每天就是跟朋友们出去玩啊,没钱了就去上网啊。结果到了大学,惨了,变懒了,最主要的问题还是倒不过来时差。在新疆,就算你是高三的学生早晨最早也是9点上课。来了成都,得每天早晨6点起床练声,8点半上课。而且我们的安哥跟助教在大家练声时居然是全程陪同的,并派班长严格打考勤。安哥的目光扫向我的时候,还得装得精神饱满一点。所以我个人感觉是比较累的一个。因为除了新疆,其他地区的同学早晨起床一般都是这个点,不存在叫都叫不醒的问题,大家都适应得很快,至少比我快就是了。唯一的好处就是我们起得早了会按时吃早饭了。

到了第三周,大概把学校的各种情况都摸清了,路也都走熟了。以前离家最近的大学就是新疆艺术学院,别的我倒是不太了解,但是单就学校面积来说的话,川传大概是新艺的十多倍,不过大归大,很多学长们都说学校一大早晨就得起早一点,不然去教室那么远的路会迟到,至于开车这种时尚的活动在上课早高峰你觉得它可行吗?在新生入学教育的时候我记得介绍学院好像是有十三个系,有一些小系叫不上名字,最出名的无非就是编导、播持、表演这些大系。

一个月下来,室友之间的关系也不再是仅仅停留在面儿上的礼貌性地友好,而是变成了真正的死党,互相损对方也不会在意,有时候即使过分了也不担心会影响关系,毕竟在真正地走近彼此。

感觉慢慢开始适应校园生活了,大学的课程还是比较轻松的,目前还没有感受到什么特别大的压力,日子也基本过得平淡。似乎唯独缺个女朋友,看来老师的作业还是布置得太少了。嘻嘻嘻。

临近月底,上周就听说"十一"要放八天假的好消息,同时也收到了一个超级不好的消息——那就是,这周要连上八天的课。这样算下来基本跟没放假一样嘛!不过我们毕竟是新来的大一新生,在学校里还是比较乖的。每天都早起去练声,然后上课,午休时间回寝室睡午觉,下午再去上课,晚饭后熄灯睡觉。说实话每天过得挺无聊的,没多精彩。而且,据高年级的学长说,就数我们大一刚进来的时候最听话,等到过段时间摸透学校的套路了,也就跟他们一样了。

因为连上八天的课,30日要上周二的课,就意味着这周我们有两节表演课。说实话表演课是我们大家的噩梦。"幸运"的是,上周因为在艺体中心开完会下楼的时候不小心把脚给崴了,好多同学架着我去医务室的情形大家都看到了,因此心安理得地在宿舍躺了一上午看篮球比赛。但是,悲剧的是当天班里还有一个女生也把脚给崴了,并且是跟我一起去的医务室。中午室友回来跟我说她早晨坚持去上课了。我去,对我来说这简直是晴天一道霹雳:一个小姑娘都去上课了,那下午表演课我无论如何都得拖着瘸腿去了……当时我的心里真的是各种名词形容词齐冒啊,这姑娘脑子晃一下是不是都有哐当声儿呢,简直气死我了。换成别的课也就算了,偏偏却是表演课。

我们的表演老师琳姐是一个专业能力很强的老师,她不管我们是不是表演专业的学生,反正在她手底下,要么就是完成得很好大家都开心,要么就是地狱般的煎熬(这是她自己的原话)。第一次上表演课的时候,琳姐就要求我们通过表演来介绍自己。可以找搭档,但不可以直接问你叫什么名字来自哪里,只能通过表演来展现。因为我是新疆人的缘故,上去直接演了个小品,说了几句维吾尔语就顺利过关了,不料最后琳姐说下周每个人都必须表演动物,无声表演……

自选动物还没有语音、无声扮演,所以大家都比较排斥这次的表演课。由于这周有两堂课的原因,琳姐说第一次表演她满意的,放假前的那节课就可以不用上了。但是,同学们之间的表演不可以重复。无论如何得过呀,崴脚了也去吧,拼了!

文卓是第一个上台的,他一上去我就后悔了,这第一个肯定是值得表扬的,演得好赖应该都能过。等他演大猩猩的时候大家可能都反应过来了。果然,文卓是第一个通过的。看着其他人在台上演的那些阿猫阿狗,一会儿汪汪汪一阵儿喵喵喵,人格都豁出去了,琳姐正眼也不看。完了完了,我演什么啊,之后我就干脆找度娘看看都有些神马动物是我可以驾驭的。看过之后挑了一个我满意的动物,脑补了动作画面,然后上台了。我在台上演了一只花豹,受到了琳姐的好评。最重要的是我演的花豹可是从讲台上四肢并用跳下去扑猎物的,先不说我很拼,单单是我这轻伤不下火线的高尚情操,琳姐也不忍心再让我演第二次了吧。果然,我通过啦。有此殊荣的加上我也就只有五名同学。所以在经过波澜不惊的一周之后迎来了30日的第二节表演课,大家都在精心准备。

这节课,我们五个通过的学生可以轻轻松松地看大家表演了,这次感觉同学们都拼了,完全没有什么偶像包袱了,一心想着怎么通过这次的练习,腾子更是饥不择食地演绎母鸡下蛋的情形,逗得大家哄堂大笑,善良的琳姐让我们全班集体通过。欧耶!去迎接我们愉快的"十一"啦,开心!

带学生,小试牛刀

国庆节是我们进入大学以来的第一个长假,班里好多同学早就想好了要回家,他们的家大都离成都不是特别远,尤其是那个家在绵阳的女生,每周末都能回家一趟……小羡慕。不过对于从新疆跑出来上学的我来说,回趟家那真正是不太现实的,路途遥远且花费巨大。

放假前的那个晚上,要回家的同学基本上已经走了,还有一部分出去旅游的,也不在学校了,校园一下子寂静起来。孤单的我呢,突然看到班群里有个男生问有没有一起去学校健身房的台球厅打台球的人。

我想在那里肯定能认识一些爱好相近的朋友,就回应一起过去了,之后出门的时候才知道他是我对门宿舍的胤峰。路上,胤峰告诉我游戏规则是谁输了谁付台费,赢了的人请喝水。我觉得这挺公道的,就答应了。之后又来了个女生,叫乐乐,猛一见面我真的对她一点印象都没有,还特别傻地问了一句,美女你是我们班的吗?这一问可不得了,女生直接就发飙了:"李子璇我都认识你,你不认识我就算了,居然还问我这种问题……"吧嗒吧嗒机关枪一样说得我好尴尬,为了不让乐乐美女记恨我,赶忙道歉说下午请你吃饭别生气。

几个回合之后胤峰输了,悻悻地交了台费就回宿舍了。我便跟乐乐出去压马路,聊到下午一起去吃了烧烤。因为以前在家乡的时候基本上没有与山西人打过交道,看见乐乐吃烧烤不要其他的蘸料,只需要一碗醋的时候我服气了,这是如假包换的山西人。然后这傻妞居然夹起一块醋泡花菜让我尝。把我酸的好久都没有说出话来,她却笑得前仰后合的。她就是我在大学认识的第一个女生,从那以后她就加入我们"新疆队"了,基本上每天都在一起玩耍。

十一放假她也不回家,我们几个人就相约去酒吧喝酒。因为那时我和班里很多人都不熟悉,所以超级喜欢每天跟这些校友在一起玩。

当天晚上乐乐跟鸣颖喝多了,到处乱喊乱叫,我一个人没办法送她们回学校,只好送到附近的宾馆了。鸣颖一看就是比较能喝的,扶进房间的时候没有出什么大乱子,乖乖躺床上睡了。等送乐乐的时候,哎哟我的妈呀,我本来就不是一个身板厚实的人,乐乐的体型比较丰满……我是拖着拽着把她给搬到三楼的,这宾馆老板有毒唉,看着醉成这样还给我这么高楼层的房间。心里骂归骂,我还是一直在跟乐乐说着话,一心想着先把她送上楼我好回学校睡觉。结果刚把她扶起来,她直接照着我面门吐了,如果事情到这里我也就忍了,偏偏不巧大半夜的又有一对小情侣过来开房了,那哥们儿的眼神我大概读懂了:兄弟你真能灌,灌多了吧,能干成啥呀,哈哈哈、哈哈哈……

我内心在哭泣,完全不是你想的那样好吗,我们是哥们儿!哥们儿!气死我了。等把她俩全部安顿好,我回宿舍躺在床上已经是凌晨4点了,这时候才看见老妈给我的未接电话跟微信,大概意思是给我定了2日去长沙的机票,她朋友的儿子明年也想考我们学校,她让我假期去长沙带带那考生。

也不知道教这样的学生一天能挣多少钱,没好意思问妈妈。转念一想,也是好事,省得我一天到晚这么无所事事的。

第二天一早我先去宾馆看了看她们两个,乐乐知道昨晚的事儿之后死活要请我吃饭表示感谢,我也没有推辞。当天晚上约了高考前一起上小班的兄弟在双流见面,之后聊了一晚上,第二天7点直接奔赴机场。等我到长沙的时候还不到10点,在新疆这可是真正的早晨哦。

叔叔跟博文(我学生)来机场接的我,这是我第一次到长沙,一来就觉得超级热,叔叔先带我回了家,然后一起去吃了早餐,南方的早餐说实话很精致,但是我觉得不好吃,太甜的主食我都不喜欢,尤其是——一个大笼屉里面4个小包子24块钱,这家粤餐厅你直接去抢好了。当天叔叔带我看完我住的房间本来是想让我先休息一下的,但是我非常坚决地拒绝了这个"无理"的要求,直接给他儿子上课了……哈哈哈。

其实我也清楚为什么亲戚朋友都喜欢找我去上课。因为是大学新生,收费不高,没有培训班那么"黑",刚刚经历艺考懂得怎么能让老师看中你,最重要的,还是我的实力……哈哈哈。当天晚上在广州的发小特儿知道我来长沙了,直接坐了晚上的高铁也赶来相聚。第二天我跟叔叔一起去火车站接上他之后,叔叔跟博文很热情地招待了我们,白天我就给博文上三小时的课,毕竟是放假,特儿在长沙也有朋友,于是我们就带着博文出去玩,晚上叔叔就带我们去逛景点逛街……

这样一直到6日,特儿回广州,7日我也回到了学校。

每天依旧忙忙碌碌的。早晨6点起床练声,8:30上课,起床对我来说成了一件苦差事。在成都待的这一个多月里,感觉比上高三的时候还累、还辛苦,有时候就想偷个懒,什么事都不做,在宿舍里安安静静地坐着、躺着,享受一下老年人的生活。从来都没有过这种感觉,可能是潮湿的床让人不习惯,也可能是宿舍的厕所让人不习惯,还可能是这里的饭菜不习惯,身上腿上开始大片地起湿疹……不过说到底,大概还是不习惯一个新环境吧。

在新疆生活了十九年,突然一个人来到一个陌生的城市与一群陌生的人相处四年,本来感觉在这里应该是跟家乡一样的,人际交往就是很实在,什么话都可以说,什么事都可以做。可现实总是很骨感。就比如说:我的牛肉干、红枣、葡萄干……通通放在寝室最显眼处,大家都可以随便拿、随便吃,都吃完了我也不心疼。但许多同学就很会精打细算,他吃你的可以,你吃人家一点肉松手都在哆嗦好吧,感觉眼泪都快出来啦,这就是南北方的差异吧。还有周末被人叫去吃饭,以为是吃请,然后吧,该付钱的时候都似乎喝醉了,我呢,悲催地变成了请吃,问题是,刚到学校门口一个个又变得那么精神清醒,说实话我们新疆人绝对做不出这种事情。唉,相爱容易,因为五官,相处不易,因为三观,还因为成长环境。

其实,进入大学校园就已经差不多跟社会接轨了,除了舍友跟邻居,其他的人我真不知道还能怎么深交。怎么对他们好,怎么掏心窝子地交朋友,都似乎得不到一颗真心。尤其让我费解的是,为什么很多女生都觉得我高傲,我去,我只是不习惯恬着脸跟女生套近乎好吧。

总而言之,从坐上飞机来成都的那一刻起,就注定了要经历这里的一切,我依然很期待接下来的生活,启蒙老师飞哥教过我,不管现在的处境是怎么样的,路是自己一步一步走出来的,走进泥潭就该想办法再走出去,我很阳光,期待明天,明天的明天。

青春就是这样一段冷热交替的岁月,你以为自己能做到一切,能变得与众不同,前方必然会有等待自己的彩虹。因此无所畏惧,今天在豪迈地大声歌唱,明天也许在微凉的风中黯然神伤,但不管怎样,我们心里都满是热血。

成都的冬季

周末跟同学约好一起去欢乐谷的夜场,来成都以后我从来都不喜欢去什么景点啊,玩儿的地方啊,像上回去的春熙路,还有什么宽窄巷子这种地方真的是能免就免,就是因为人太多,人一多就心烦,烦到跟别人说话都是一股火药味儿。不过这次的游玩经历让我的心情跟先前截然不同,不知道是跟对的人在一起玩的关系还是跟那里的夜场场景有关系,就是非常的有感觉。

下周就是万圣节了,所以成都的欢乐谷里都是面貌一新的"鬼"景,到处都是南瓜头,还有好多好多的"鬼神",最重要的是我们去的夜场,工作人员扮成"鬼"在路边吓唬路人,好多人都会被吓到。而我呢,只有一次被突然出现的"鬼"吓到以外,都是我去吓"鬼"了。当一个"白无常"从我身边走过去时,我直接把她的头发拽住说,看看这是个男鬼还是女鬼,哈哈,好逗的"鬼",居然被我吓得尖叫了起来。

欢乐谷每个景点都不错,虽然只是个游乐场却实实在在地把我给震撼到了,即使是夜场,来玩儿的人还是很多,每玩一个项目都要排好久的队,排得我腰都疼,终于明白当初在新疆玩的游乐场为什么没人了。差距呀,心酸的就不说了。

这一晚是来成都最开心的一次游玩。想想之前和妈妈玩时就没这么放松,不是跟妈妈在一起不开心,而是那会儿一直惦记着分宿舍的事,没心思玩。这次就不一样了,在心情好的时候去了一个很合胃口的地方,一下子感觉学习中的疲劳还有快要期中考试的紧张都飞走了,这种感觉好久都没有过了。

在一个漆黑的夜里,跟各种"鬼"一起在游乐场里群魔乱舞,想想是不是都很刺激呢?

快要考试了,一个学期的生活似乎已经走到瓶颈。腾哥这几天心情时好时坏的,他是我进校后认识的第一个朋友,我很珍惜我们的友情。这一个多月,我们最先熟络起来。他看起来比较了解我,能看懂我的一些心事,不点破便能轻轻化解,甚至有时候只用一个小玩笑就可以做到。我不开心的时候会第一个想到他,待在一起不说话都可以。不知道从什么时候开始,我们两个人的神侃变成了四个人,对一个人的好也变成了对整个宿舍所有人的好,腾哥和我刚开始还有点不适应,总感觉有时候在宿舍说的话很少,慢慢地四个人融在一起,一起嘻嘻哈哈,一起没心没肺的。

腾哥说忙完期中考试的事,他的人生就剩下两件事了:一件是找个女朋友,一件是找个工作挣点钱。不管他做什么我都很支持,记得一位名嘴说过,男生上大学,没谈过恋爱,没失过身,就白上了。

从来没见过腾哥这样的人,二球,耿直,从不会变通,像插在棉花堆里的干树枝,前后穿梭,难免会伤到棉花,刮破网面。而我要带着这样单纯美好的舍友憧憬我们未来的集体生活,深感任务艰巨,责任重大,除了作为朋友,支持他,鼓励他,安慰他,还有什么呢?我愿意成为一直为他鼓掌的人。加油呀,不管我们的未来如何,我们的永远有多远,我都会为你祝福的……

突然感觉现在的压力好大。从小学到大学,这十几年恍如一梦,从幼儿园开始就背着书包上学,读了这么多年书,终于熬到上大学,可以真真实实地去感受一回生活了,正像一个哥们儿说的一样,好像一下子轻松了很多。我是个很喜欢体验生活的人,我不太愿意背负太沉重的东西,而是希望能像初中一样骑着一辆自行车,载着两只水桶,张开双手,吹着风,一路歌声一串笑声!

记得当时特别喜欢听嘻哈的歌,他给我带来了纯真,带来了激励,也带来了少年时代特有的一种情怀,那种情怀,要用一瞬间去捕捉。高中时一位同学说,有时候瞬间就是永恒,我记住了这句话,因为我曾经拥有过那一瞬间,而且它已经成了我的永恒。那一瞬间让我看到了生活的美,就像周星驰电影中进入幻境里的人一样,陶醉其中!

集体生活很考验人的情商,这话好像是我妈说的。虽然现在的大学宿舍已经没有"睡在上铺的兄弟"了,但呼吸着同一间屋子里的空气,关注相同的人物和事物,就这样一起过上四年,真正是缘分,我会很珍惜。

转眼11月了,如果我每天都坚持到绝望坡去背英语,那四年后我是不是能讲一口流利的英语呢?贵在坚持,如果真能够持之以恒,相信我能成功的。冬天的绝望坡总是死气沉沉、毫无生机,泡沫的冰面,泛灰的草地,让我感觉在这里的每一分钟都是一种煎熬。

本周我们进行了英语口语考试,我对自己很有信心,因此我是第一个站起来背诵的,我没有背到四行老师就让我过了,当然是因为我背得很流利,否则就太对不起这一周以来我在绝望坡受的严寒冰冻了。之后我就去了信息楼打字,然而没几分钟,舍友就给我打电话说我们班的成绩取消了,我当时挺愤慨,一个人作弊,全班受罚,让人感到很不公平。但是没办法,我只好又折回去,直接要求老师取消之前的那次成绩让我再考一次。当然了,哥再次轻松通过。

进入冬季,成都的每一天似乎都是阴天,湿、潮、冷,搞得人的心情也跟着提不起精神来。我知道有些事情因为会铭记所以不适合写下来，但我还是忍不住想发泄一番。高中时代，我就有了一个女朋友，校花雪儿。进入大学相隔两地，我把给雪儿打电话当成了习惯，然而电话那端的她却各种使小性子，怎么一个女孩进入大学变化这么大呢？再也不是在我家吃一顿饭就开心好久的那个小姑娘了。这真让人百思不解。高中时代的她已经消失了。遥想当年，哥以前也是很骄傲的，你是校花我还是班草呢。唉，叹息。

昨晚我风尘仆仆地回到15栋108室，给雪儿打电话，但雪儿却一直不接电话。这已经不是第一次了，没有回应、没有解释，隔着千山万水，我脑子里有一万条弹幕呼啸而过啊。好吧，我努力不说脏话。看来她注定就是一个前女友了，心里虽然觉得不舍，但这也是没有办法的事情。算了，不管将来如何，我应该做到问心无愧、仁至义尽。她或许不明白，当一个人决定彻底放弃的时候，是由无数个小细节累积起来的，正所谓：冰冻三尺非一日之寒。我用时间证明了我的专一，她用时间证明了我的愚蠢。

占有欲这种东西，有时候的意思就是害怕失去，是我的就是我的，不用时时刻刻担心会失去。有人就是会依赖着极少数的东西活着，那当然得牢牢地占住，不敢让别人抢走。

在这物欲横流的年代，但愿简单的雪儿不要选错人。

一段时间，我就像不小心弄丢了甜蜜糖果的小男孩，在夕阳西下的校园里，慢慢地疗伤。

因为她，我已经不想再搞恋爱这种事情了，不如等我成熟起来，一点点变好起来，看明白最想要的是什么以后，再遇见那个最合适的她吧。能分手的人，是因为没有快乐了，而快乐是恋爱必需的，不是吗？

看了一部电影《孤胆特工》，是韩国片。故事情节很简单，不是很复杂，没有很壮观的场面，但是很感人。

那部《那些年，我们一起追过的女孩》真是又文艺又美好，想来感情便是整颗心已许之，只等电光火石的一道惊雷劈在头顶，把两颗心照亮拉近。看到男主人公给沈佳宜做的灯笼，多少给了我一点灵感，其实这根本算不上灵感，就是一种抄袭，不管之前做过的笔筒还是我将要试做的灯笼，我都是看了别人的以后才能够做出来，这是叫人多么痛心的领悟啊。为什么我只会模仿，却没有这样的想象力创造力呢。

我总是带一支笔去图书馆，这里是南方唉，没有暖气，挺冷的，好想念有暖气的新疆，一个温暖的冬天，就算是遇上什么烦心事都会比阴冷的南方过去得快一点吧。

寒风刮在身上，像一片锐利的小刀掠过，不仅冻还生疼，让人受不了。在新疆比这里低10度的气温也不觉得有这么冷。这里可真正是冻到骨头里去了，说实话，来成都之前，我根本不知道冻疮是怎么回事。

由于这段时间睡得很早，周末6点过了一会儿就起来了。之后我去了省图书馆，不过很不幸，图书馆6点就要闭馆。我的计划并未因此而打乱，喜欢图书馆的原因是既能够取暖还有好书相伴。进去后迅速借了三本书后就开始读了。"乱花渐欲迷人眼"，书本往往让人难以选择，常常是舍了西瓜捡起了芝麻。想起家里妈妈那整整一屋子的书，我喜欢看得就那几本，每次选书读的时候，就想起老妈的话：多看经典。对，我也知道一本书能够被称为名著、经典，一定有它的好，可是，在图书馆里，我就像个老年昏君，看着一屋子的佳丽，错过名门闺秀，错过兰心蕙质，径直走向摇曳生辉的小妖精，真的好自责啊。

下午2点钟左右坐车回校。车上真冷,简直就是透心凉!幸好有座位,如果一路站回去,那我就成冻干的腊肉了。漫长的坐车时间,也是我思绪漫游的时光。想想大学生活是人人向往的生活,至少我认识的很多没有上过大学的人都觉得还是上大学好……自由美好的唱伊索寓言的美好青春光阴,大学里充满了欢声笑语的故事……当我揣着一颗怦怦跳动的心走进属于我的大学,她的美丽面容,缓缓地展露在我的面前,在蓝天的映衬下我静静地思索未来的道路该怎么去走呢?

人生的价值不该是享受人生的过程吗?梦,每个人都有过,面对即将走向社会的莘莘学子,我们要以什么样的姿态去面对社会的侵袭呢?家人无限的期盼,让我觉得不去拼好像都不能够了……

现在我们坐在这教室里,拿着崭新的课本(因为基本没用过),玩着电脑,比起古人的生活不知要好多少倍、简直就是天壤之别。我想说的是,就因为前人没有这么好的环境才能成就他们。而不是现在这个环境能成就我们。即使这样,我们大多数人还是觉得自己是世上最穷的人。

我从小学一直走到大学,多年的光阴令我明白了没有本事的孤寂与渺小,社会就是个立体的大染缸,有黑也有白,没有一技之长是不能生存的,生活的资本要靠自己,自己的路与选择是自己的,命运掌握在自己手上,别人是无法取代的。这一切的一切都取决于我们现在,作为一个渺小的我都能好好为自己的梦去努力,为自己的理想和目标去拼搏,虽然很多次我都是豪迈地那么一说,就丢在脑后了,不过,我难道真要把自己遗失在社会的角落里吗?要成为社会的边缘人吗?要每天过着迷茫的生活?

有人会说我很喜欢玩,那好,你要是能玩出花样来也行,玩出创新来也行,玩出独一无二呀!!玩出生存发展的美好空间也行,不要玩也玩的不新奇,有些人爱玩一不小心玩出个黑客,玩出个游戏大王,游戏发明家,你能吗?如果不能,还是从实际出发脚踏实地地为自己的将来多谋划吧,让自己可以多学一点有用的才识,让自己处处充满自信,自强奋斗,过好充实的每一天。

谁也想不到,我在寒风凛冽的冬季,在冻透人的公交车上脑洞大开地思考人生的意义,太装了。

学校里,很多同学的家长都非常富有,也有同学夸耀说自己可以吃几辈子,但你可曾想过,那是你自己凭本事换来的价值吗?那样的人生是自己真实的人生吗?永远活在别人的照料下你不羞愧吗?

回到寝室,写下这些想法的时候,很自嘲,如果是在酒吧,我从来不会想这些,果然饥寒交迫能引发人的思考。

进入考试季

已经是12月了,订好的飞机票是下个月18日的。第一次离开家这么长时间又是一个人在外面,真的是特别想念家人。

周一的早晨忙碌而慌乱,每次周一早晨起来都仿佛快挂了的节奏,室友每周一早晨都会说:不会吧?今天是周一?我去!又要上课了……其实我每周一也是这么想的。

因为起得太晚,连头都没洗就直接跑去练声了,手机还坏了好几天。让飞哥(我的播持启蒙老师也在每天督促我练声)误认为我骗他逗他玩,所以就借了同学的手机上微信解释了一下,不希望他误会我。

练完声也没吃早饭就跑去上课了,原因之一是英语老师惹不起,还有个悲伤的原因就是想省点钱……我以为我已经迟到了,结果班里只坐了不到一半的人,悬着的心顿时放回去了。

英语课还是很自在的,老师跟我们基本上算是同龄人,交流不是很费劲,她也不怎么管我们的纪律,毕竟大学了。

不痛不痒的日子过去之后,就是每周都烦的体育课!天公不作美,上月连续三个星期周天都在下雨,所以体育课上不成,我们只好快乐的回去补觉。结果悲剧了,今天一节课上老师把一套太极拳全部教完了,全班除了本来就会的同学其他人都是云里雾里的。要命的是老师还说两周后期末考试,一个一个去他那里打,并且只有三次机会……这不是要我们吐血的节奏吗?

中午,食堂已经挤爆了,不过我们宿舍有个好传统,那就是提前十分钟翘课先去吃饭,民以食为天嘛。到了下午又是四个班在一起上计算机课。今天老师没有上讲台,而是让我们每组同学做的PPT派代表上去讲,所以以前睡倒一大片的课今天没有一个人睡觉。很多人都非常想了解现在周围的同学们到底都喜欢什么,关注点在哪里,尤其是当一个女生的PPT里都是韩国帅哥的时候真的是惊爆全场,男生当然都没啥反应。

两节课的时间也没轮到我们组上,所以只能等到下周四了。下午是职业规划课,这门课真是扯淡,五个班在一起上,点个名就要半个小时,再听老师在讲台上面各种唱高调,真是够了。

晚上下课当然是一天中最开心的时候了,吃过饭之后就可以回宿舍好好放松一下心情,唉,我的大学,就是要在劳逸结合中度过。

周二我特地起了个大早,平时都是7点多起来的,这天6点就起来了。飞哥说要监督我每天早晨练声,不过手机坏了,所以就在出门前用座机给他打了个电话。

其实我想说我本来挺自觉的。练完声是驾驶课,打算寒假回去就考驾照的,在学校上驾驶课,开上几步路就要排一个多小时的队我真是醉了,所以,果断回寝室睡觉,一直睡到10点去上现代汉语,开始我新一轮的魔鬼周二。

最重要的是下午的表演课。不是不喜欢表演这门课,而是因为它是连堂两讲,足足要上四个小时,不是说一个人的注意力也就两个小时吗,所以电影一般都是两个小时。连上四个小时的课,可见老师和学生都很拼呀。继上次"机场"的表演之后,这次老师不再让我们自己写剧本练习了,而是直接命题让我们演。

"机场"的作业是我们表演完动物之后的又一次作业。这次国庆放假我去长沙教一个高三的艺考生,在机场正巧碰到一个误机的乘客,看样子是江浙一带的生意人,因为误机同工作人员大吵,不惜让一队人无法办理登机手续。我们在后面排队的旅客对他从同情转为愤慨。我把这次经历写成了小剧本,大家都很认可。琳姐也选了我的作业当作全班的最终剧本来排练,现在看来,她是在慢慢地给我们增加表演难度……

上周,我跟璐儿选的是《过把瘾》这部剧的一个片段。这节课的任务就是对台词,据说这次的演出就是我们的期末考试成绩,所以大家都非常重视。

琳姐对我们说下学期没有表演课的时候,我心里其实挺难过的,想起第一节课时她说过:名气大的老师一般上课不点名,但我就是那个名气最小的老师,所以我要天天点名。当时我对这个老师真的是无语了……然后就是超级放不下面子的动物模拟,不过凭借我高超的演技,用一只美洲豹的表演直接让老师评了Grant! 也算是给我的鼓励,让我在之后的课上再不怵任何的表演了……再到之后的机场小品，虽说大家写的剧本琳姐都比较满意，不过我还是很开心她能选我的剧本来排练。

如今这只是第三次新剧本的排练，却要说再见了，我心里还是很舍不得的。如果摄影老师跟我说再见，我一定会很开心地对他说不再见了……（偷笑中）。

为了给老师留下一个美好的印象、也为自己30日的期末表演有一个完美的告别，我会好好努力！

然而伤感还没结束，晚上的计算机上机课，肖哥（老师，大四学长）好像喝了点酒，对我们说了很多，还骂了我们……不过这种有事就说在台面上的老师我不会怪他。这周大家的作业确实很糟糕，他不开心是正常的，再说喝酒了心情本来就不好。下周是他给我们上最后一课，我突然觉得大学不是四年以后分手，有些人只在我们生命里待那么几个月，如果只算上课时间甚至只是几小时……

从去年才开始懂得珍惜二字的我，如今更加珍惜身边的人和事，珍惜关心照顾我的人。

突然感觉我是个命犯周三的人，小学时每周三除了上课，下午还要去钢琴老师家里练钢琴，基本上两节课屁股上就会挨老妈的飞天脚……

进大学了，每周三又是万恶的摄影课……

原本是怀着极度不爽的心情去上课的。但是不知道怎么地听着课心情不是一般的好，看楠哥顺眼多了。

这堂摄影课楠哥主要是检查我们上周拍的表演作品，我跟腾哥是主角，我演学生他演老师。因为是楠哥给我们拍的，所以效果很好，但是不算我们的作业成绩，跪了。大家都说我的演技好浮夸。真心听不出来是在夸我呢还是在损我呢。真是，我明明很卖力地在演！看完之后楠哥就对我们说了期末考试的范围,强调只要上课能听懂的学生就基本不会挂。听到这儿我立刻打起精神好好听讲好好做笔记。

高清摄像机!我就不信好好学还搞不懂你!事实证明虽然学得会,但是考试时楠哥问我理论知识的时候还会紧张,纠结着不知道哪个答案是正确的。我跟木木坐一起,他一睡着我也就跟着瞌睡了。但我是真的不想挂科,还是强打精神一直坚持听。好在上课的时候楠哥还是很人道的,知道四小时的课大家不能一直集中精力,最后一个小时会安排我们看电影。

中午在食堂吃饭的时候意外碰到了楠哥,就凑上前跟他一起吃。

"老师,在正式考试前能不能给我来次模拟考?"
"干吗?想让我开小灶啊。"
"不是,我是真对这机器不熟悉,而且我一上机就紧张。"
"紧张什么,期中考试过了没?"
"没,我是被挂15个的其中之一。"

"一半人都没过……"

"老师,说真的今天拍的视频里有句话是真的,我要是挂科我妈回去会打断我的腿,我知道过不过就是您一念之差,我会努力学,到时候手松一点哈。"我一直赔着贱笑。
楠哥没有正面回答我的问题:"你家是哪儿的?"

"新疆的,上次拍外景的时候见过的……"我启发了一下。
"哦哦,想起来了。"楠哥继续吃饭。

我一看有戏,继续说,"楠哥,你也知道,很多学校新疆的录取名额都很少的,我们很惨的,能考出来不容易,别太黑啊。"此时我才知道自己也是个表情帝,哈哈。
"唉,只要不是啥都不会我不会挂人的,你看我是那种老师吗!"
"当然不是呀,谢啦哈,楠哥。"

饭后,我就回了宿舍,楠哥的意思我大概明白了,他既不想随便放过我也不太想挂我,一切就看我自己了。不过跟他这么聊聊天让我的心情放松了不少。不是每个老师都是挂神,大家都有人情味儿。就看你自己的努力程度了。

下午的思想政治修养课因为不想听所以就没去,洗了个澡就去播持楼看大二学生做的"非同艺般"的节目。萍姐也在,她应该是这个栏目组的,一进去我就晕菜了……女主播好白、腿好细……哦,我真是修行不够。言归正传,总体的节目我不是很喜欢,主要心思都用来看女主持了,场面有点混乱,旁边后勤的老是在那里吵吵,一副老子天下第一的样子,让人很不爽。不过能看到师兄师姐们的节目,对我还是蛮有启发的。在大学里,一场表演、一场晚会,对我来说,都是学习的机会。写到这里,感觉自己也像一个鸡汤段子手了,哈哈。

周四通常来说是比较美好的一天。虽说有三节课,不过这三节课都还轻松。

早晨是雷打不动的练声。第一讲是录音课,这周没有去录音室录音,所以我们就在教室里听老师给我们讲理论,这堂课最轻松,因为没有录音间里的任务,也没有笔记。最好的一点就是开哥从来都不点名,开心的录音课到10点结束。

我们有20分钟的休息时间,从播持楼走到主教去上英语课,英语老师就没有开哥这么看得开,几乎每节课都会点名。看起来年龄跟我们差得也不是特别大,怎么就这么喜欢点名呢?

这节课老师给我们简单介绍了一下期末考试大概都有哪些题型。差不多跟高考的题型是一样的,只是没有完形填空,而且从下周开始我们就要用新书开始练习了。对于英语,我还不是特别担心,让我有点担忧的是下午的计算机课。听小玥说彬哥不是个善茬儿,也是个挂神!而且计算机课是四个班的人在一起上,有时候压根就听不见老师在说什么,还那么喜欢挂人……

不过彬哥说过,考试内容都是他上课讲过的。所以我想,以我的聪明才智,等机动周的时候找前两年的试卷来看看做做背背应该不成问题吧。

周末过得很开心。周五只有半天的专业课。上周胤峰就跟我说周五晚上在"刘一手"过生日。想了半天也不知道送他什么好,后来想起来上高中的时候有男生亲自去给女朋友做生日蛋糕。我就想着模仿一下(声明一下,胤峰是男生哦)。走出学校就被三轮车给围住,随便挑了一辆感觉顺眼的让他带我去县里最好的蛋糕店,我知道晚上可能会有十几个人,所以买了一个超大的。

"老板,这蛋糕我能自己做吗?"

"可以,你会不会?"

"我试试。"

我选了一个比较好看的蛋糕样式开始模仿着做,不过县里的蛋糕店真的是好脏,还有自己动手做了才知道那些做蛋糕的材料简直提不成。结果我一共做毁了四次,还因为这个原因多加了100元钱(心塞),好在结果还不错。有了这次做蛋糕的经历,可算是知道蛋糕还是尽量少吃为好,真心对那个泡色素的樱桃恶心到了。知道怎么泡出来的,瞬间不想再吃了。

生日patient上胤峰知道蛋糕是我花了一下午的时间做的特别感动,不过当时他女朋友看我俩的眼神都不对了。我好想声明一下,我的那啥取向是很正常的。

吃完饭大家又去了酒吧,按惯例直接把他灌趴下才算了事。

千万别挂科

年底了,仿佛所有事儿都挤一块儿了。早晨睡过了头,英语课迟到了八分钟,不过还好老师好像没有生气而且我又很自觉地坐在了第一排……骚,老师原谅我了。之后她又叫我起来造句,也是回答得比较好。怕她还不放过我,就在下课之后找她请教个问题:"老师,我最近玩一款游戏,但是每局结束以后那个英语的新闻采访为啥我老是听不懂……里面所有的单词我都熟悉,但是他们说的我就是听不懂,是因为他们说得快吗?"

"你下节课把他们说的话打印一份拿过来给我看看,好吧。"

我感觉自己点头的样子很乖很乖,真是个好学生。嘿嘿。

之后就是体育课。因为我们的太极拳都已经学完了,所以后三周都是考试,在老师面前一个一个地打,24招我没记太清,所以排在下周考,这周回去看看视频恶补一下。上计算机的时候一整节课都在背表演台词,班长临时通知:晚上的职业规划不上了。正好,马上最后一节上机课要交30页的PPT,还有五页现代汉语的PPT,简直想秒变八爪鱼啊……

接下来的一天是我到学校后最忙碌的一天。大清早先练声,没来得及吃早饭就跑去上现代汉语。其实此刻大家都没心思听讲,每个人手里都拿着自己的剧本在背台词,准备应对下午的表演课。

我也不例外,台词好多,而且很多话都是男主角先发起的,女主角只要顺着男主角的话往下说就好。所以我们好悲伤地必须得下功夫背台词。尤其是下午的表演,老师还要我们自己准备道具。哎哟我去!有心思听现代汉语才怪呢。

好不容易挨到了中午,简直是饿坏了。直接跑到食堂吃了一份大碗饭就回到表演教室跟我的搭档一起排练,之前只是串台词还没有正式的演过,我的搭档由璐儿换成了静静。静静在上次我自己写的《机场》的剧本里就跟我合作过,而且她性格比较外向,搭档起来应该更默契一些。果不其然,我们练得很有感觉。

2点半,开始上课,因为有15组戏要看,所以老师一进来就直接让我们开演。第一组是枫哥(班草)跟鸣颖演;演的过程我是真服了,女主角演得太像那种人了……那眼神、那骚劲儿,不消说,其他同学感觉一下子有压力了。因为老师要求有道具,而我和静静选的又是床戏,所以我从宿舍搬来一床被子跟一些家具,专门坐在老师旁边,为了让老师看到我的辛苦。

第四组该我们上场了。我跟静静选的是《过把瘾》的一个片段……本来还担心会不会紧张忘词,结果上场以后全部顺下来了,而静静可能因为忘词有点紧张,又忘了撕我们之前准备的道具(戏里必须要做的动作)。但结果不错,看来我们的演技跟服装道具征服了老师。看得出来老师非常满意,让我们多多努力,争取期末正式演出时比现在更出色。

晚上是我们最后一次的上机课,要交30页PPT。这也是我加了几乎一夜班辛苦的原因。

肖哥还是嘻嘻哈哈的,可能最后一节课也不想说什么离别的话来渲染悲伤的气氛……

最后一节课,还像原来一样,只不过是最后一次了,所以我特别珍惜接下来的三节表演课。跟琳姐在一起的最后三个下午……

早晨一进摄影教室,楠哥就来了句:每组下周都要拍一个180秒的广告,作为期末的作业。

晕死！不早说。然后就是上课，记笔记，盯住机器琢磨，不知不觉就到了12点。

因为体育课考试近在眼前，而太极拳的招式我还没有记全，就留在宿舍里边看太极拳的视频边练动作，希望下周一的体育考试能顺利过关。

晚上，萍姐叫我出去，就在"酒窝"跟她还有俊儿一起坐着喝东西玩桌游，忙活了好几天要缓解释放一下嘛。晚上送萍姐回去的时候她说要给我织一条围巾，瞬间就觉得好温暖哦。

因为最近几天忙得不可开交，搞得有点神经衰弱，居然发烧了。

中午腾哥跟木木从东门给我买了饭回来，他们知道我每顿饭都要吃很多的辣椒才可以下咽，但今天病成这样子，所以他们给我带回来的炒河粉很清淡没有辣椒。虽然我觉得不好吃，但是知道他们是关心我。比起某些女生宿舍的钩心斗角甚至是大打出手，我有这样的室友已经是特别地欣慰了。感觉女生之间的姐妹情谊远不如男生之间的哥们靠谱。女生自己跟我们吐槽说，她们宿舍早起的女生会悄悄关上门去听课，绝不叫醒酣睡的室友。更有甚者，还会因为嫉妒，半夜起床烧同宿舍女生的头发，还有个别家境优裕的女生，所谓的姐妹情分就是给她逛街时大包小包拎一堆的跟班，回到宿舍赏人家一两件衣服；还有那些酒吧里曲意逢迎的"小蜜蜂"，我曾眼睁睁地看着她们被穿着看起来特别体面的人领走；还有见了开豪车的男人，对方一个手势就敢上车的漂亮女生……

我们一众男生不寒而栗，那些形容女孩子的美好的形容词一下子变得可疑起来，她们还是贾宝玉口中水做的骨肉吗？

吃完了饭头痛得轻一些了，所以下午强撑着去上了计算机课。彬哥的表现让人愤怒,我病成这样还坚持去上课,三个班来了不到一个班的人,他也不管管。点一下名怎么了,上课讲那么快你是要赶着去约会吗?

真让人无语。我现在只想对那个上课不点名的老师说:你的行为严重伤害了我这样的好学生!

下了课,晚上回去直接发烧到39度,被送到医院,花了四百大洋……真是在割我的肉啊!

周五早晨是每周的最后一节课,也是最重要的课——专业课。早晨我实在是爬不起来,前一晚跟桐姐聊天聊到子夜1点多,结果聊着聊着她给我说,我妈给她打过电话了,差点吓死我。早晨上课的时候老师还顺便提了一下,我的家长很有修养云云,真是心惊肉跳,也不知道老妈和桐姐聊了些啥。

课上到一半了,枫哥跌跌撞撞地进了教室,坐在我旁边就开始睡。桐姐没管他,继续上课。过了一会儿,他醒了。桐姐问他有多少个韵母,他就跑过去跟桐姐耳语了几句出教室了。等他走了,桐姐才告诉我们说,他一身的酒味儿就让他回去休息吧。可不是吗,我跟他翻墙出去喝的酒,他能不醉吗?哈哈。之后桐姐大概给我们讲了一下明年回来普通话测试的事,让我们别懈怠。

周六早晨11点才起来,跟室友看湖人同马刺的比赛时,班长跑过来跟我说参加篮球赛的事。啥都不说了,班级荣誉,直接换了衣服去了。不过说实话大冬天的短衣短裤跑出去还真冷。高三一整年没打篮球是真不行了。大班一共去了11个人,练了大概有5个小时,感觉身体发虚,没跑几个来回就没劲了,脚后跟还磨出了血泡。下午回去直接瘫倒在床上,动都不想动,全身上下没一个地方好受……

班会上安哥主要说了明天篮球赛以及放假的事。原来我以为12日放假,居然又改成11日了,机票订晚了,真要在成都独自流浪一个星期啊……悲催。另外,安哥下了死命令,篮球赛必须赢,因为他是年级主任,丢不起人!!

班会一结束,我就跑回宿舍看太极拳的视频,因为一早要考试。还好之前体育课听过几节,有几个动作还是比较熟悉的,但也是花了整整两个小时才学会。学的时候性子又急,木木在我旁边晾衣服走来走去气得我直想踢他。宿舍里一进来人叽里呱啦地吵得我好烦,好在最终还是学会了。

早晨英语课迟到,老师也懒得理我们。造句的时候我明明会,她居然把我跳过提问别的同学。我去,看不起我。既然她不理事我,我就默记一下太极拳的招式,一会儿等着考试就好。英语课一结束我就拉着大胖去操场让他看着我打一遍太极拳,老师来了以后我就好通过了。

"老师,今天我能不能第一个打。"

老师一口的川普:"看你有点面生啊!"

我一脸谄媚:"老师,我一节课都没旷过,我最喜欢上您的课了(当然是假话)!!"

"好吧,你叫什么名字。"

"李子璇。"

"嗯,考勤还可以,按顺序来,你先过去。胤锋上!"

白献一场殷勤!!还非得按顺序。不过还好,胤锋完了就是我,他是按点名册走的。胤锋还是不熟练,勉强打完,老师好好教育了一番就放了他一马。

终于叫我的名字了,我走过去先给老师深深鞠了个躬,直接开始……开玩笑,我的太极拳网上学的,动作一气呵成,没有半点拖泥带水——100分!!

"上周怎么不这样打!"

我知道老师想说啥,直接承认错误比啥都好,认怂有时候也是一种战术。

"老师我错了,以后好好学!"

考完以后直接去篮球场热身。比赛是12点半开始,安哥12点来的。因为训练的时候鞋子把脚后跟磨破了,一热身,血把半个袜子都染红了,不过已经麻木得没感觉了,而且我也不敢说,说了怕上不了场了。这次打109班,就是老顾他们班。两个班没有可比性,我们这边三个校队的,他们那边一个都没有,因为我不是校队队员,所以进不了首发。但离奇的是我们班居然开场被虐了。然后五个首发一口气打下来,就不再换人了,哎哟把我气的呀,连串场的陪客都不如,穿着短裤在场里站了一个多小时,难道我是来表演体型的吗?心情坏的提不成。唉,大冷天的气得我头顶冒烟呢,虽然我们赢了比赛,但我一秒钟的上场机会都没有,心里不爽,加上脚还因为训练磨烂了,一气之下退出了大班篮球群。班队有11个人只上7个人,啥意思嘛,无语……

赛后回来的路上,峰哥(队长,班里的首发控卫)追过来:"兄弟不好意思啊,今天第二节的时候本来想换你的,但是分数落后得追啊。"

后面他说了些什么我记不清了,反正就是各种理由吧。总而言之我还是觉得自己是有实力的,不应该是把板凳坐穿的那种替补……

不过既然人家都来跟你道歉了,脸总得给。我也就回了句,没事啊,你们打得好之类的客气话……虽说当时很心塞,不过也没有因此影响同学之间的关系,小小的不愉快转瞬即过!俺是天山脚下长大的男人,最记得林公的那句:海纳百川,有容乃大!

期末考试这段时间几乎每天晚上都失眠,不是凌晨3点就是凌晨4点才能睡着,还居然开始掉头发了,真是吓人。

萍姐说中午一起去校外吃饭,就在宿舍收拾了一下,跟俊儿到东门去等她。我们三个还是去了那家新疆阿姨开的餐厅吃饭。吃完之后她们去星光湖晒太阳,我就直接回宿舍准备下午的表演。

表演课倒不是很紧张,因为大家都对表演很有信心,不会挂科。而且上周的表演老师也比较满意,今天我们看了最后一场戏……真是笑喷了。凡哥扮演的大姐真的太搞笑了,哈哈,最主要的是他的服装。那体形再穿上老师搭的裙子还有那台词,酸爽极了,我们笑到直不起腰……

抬眼看到琳姐也笑得特别开心,我心里一暖,她笑起来的样子真美。毕竟下周开始就是期末考试。

这是我大学生涯的最后两节表演课,很不舍。

最后一部戏演完之后,琳姐童心大发带我们玩起了游戏——杀人游戏。游戏规则就不多说了,一个班玩感觉人有点多。但是我运气差了些,居然第一轮杀掉的第一个人就是我。唉,悲剧啊……

既然玩游戏被淘汰了,我就下了讲台看老师跟其他同学玩,突然瞥到桌子上老师放着的成绩表,是非一下就拿起来看了。不看还好,哇!原来期末成绩都已经打好了。看到我的成绩是班里最高的,感觉棒棒哒!哈哈……不辜负我对表演这么有热情。谢谢琳姐,好人一生平安啊!下周我跟静静是第二组上去期末考试,不出意外拿下表演第一,哦耶!

周五早晨在被窝纠结了半天,收拾利落到了教室已经迟到了。我挺不好意思地对桐姐笑笑,桐姐没有生气让我们坐下继续讲考试内容。果然讲的都是考试的重点……下课的时候我们还拍了前几年的考试试卷,虽然折合总分笔试成绩只有总成绩的20%,我也觉得一点都不能轻敌。

第二讲桐姐叫所有人都到黑板上试了试考题,看大家差不多都掌握了以后就把我们放了。

一下午都很空闲,相当于每个周末都有两天半的时间来休息玩耍,不过这周六我都把时间用来学习了,因为周一有英语口语考试。

周日起床的时候已经12点了。刚好是没热水的时候,愤怒!然后就听见过道里有人喊我的名字,过了一会儿我的门就被人用卡刷开了。

"子璇,快收拾一下,我们去训练。"
"又要干吗?不去!"
"明天中午班级赛,大家都上,走吧。"
当初没有出场机会的我,现在有点不想再参加球赛了。

其实心里还是痒痒,撑了一下下到底还是说了句——好吧。头也没顾上洗,刷牙洗脸倒戴一顶鸭舌帽就出门了。

在篮球场训练的算上我只有6个人。也是醉了,其他5人想都不用想是为啥不来的。不过都是一个班的而且锻炼一下没什么不好,既来之则安之吧。6个人没法练,只能半场三对三了。这次让班里同学稍微见识了一下我"左手"的风采。因为我是左撇子基本没人知道,所以防守者只要不是左撇子他们都会下意识地防守右边。这便让我有机可乘,不过因为上周脚踝崴了这周好不容易结疤了,这一使劲,疤裂了。大家怕我撑不住,练了一会儿就各自散了。

下午开班会。安哥重点强调了圣诞节学校要查寝的事,让我们别乱跑。还有就是一些安全问题——诸如千万别吃坏肚子了,注意安全了,要期末考试了,不能在这节骨眼儿上出问题,絮絮叨叨了一个小时才放了我们。

晚上回去继续看英语口试题直到熄灯睡觉。

早晨第一节就是英语口语考试。考试规则:五篇即兴英语口语随机抽签,抽到哪个就是哪个,限时至少三分钟。哦,卖糕的! 不过还好我在周末时练习了一下。开考前老师说满分20分,如果脱稿能完整说下来至少15分,不脱稿至多15分,但是背不下来的话就悲剧了⋯⋯

重压之下我选择了不脱稿! 万一呢! 你说对吧。结果运气好的要死,我抽到的是关于饮食健康的评述。以前高中的时候老师经常让我们背关于这种类型的文章,所以英语口语过了,不过不太清楚分数,反正过了就OK啦。考完的同学就可以回了。

我跟胤锋、枫哥考完出来吃了个早饭,本来打算回宿舍的,但是,体育过了也还得去操场上签到。无奈只好等到10点5分下课,我们三个慢悠悠地往足球场走,走到了看见文卓的自行车在草地上放着,大家就跑过去骑,胤锋说他不会骑自行车。得了,我们教他呗。我跟枫哥、腾哥一起拖着他往前骑,之前试了五分钟车身都是斜的,好不容易有次成功了,估计是我们三个把他推出去的,看他骑远,接着传来惊慌的喊声,我们的表情直接凝固了,这家伙不会拐弯,径直撞在栏杆上了——杜昂! 就这声音,哈哈⋯⋯被撞的时候旁边还走过一群漂亮妹子,估计胤锋要气死了。哈哈——我们几个都笑抽了。好在最后他基本算是学会了,虽然有时候还是骑得歪歪扭扭,应该不会再撞到什么了。

回到宿舍,文卓又敲门跟我说中午去打班赛的事情。唉,气也生过了,反正就当锻炼身体了,我点头同意了。

场面没有上次那么宏大,班里的同学都因为考试没人过来给我们加油。虽然这次我是首发上场,打了两节半的时间得到6分1篮板1助攻1盖帽……不过我们班还是输了。人家班15五个人轮流替换,我们班自始至终就6个人上场,没办法的事情。虽然输了比赛,安哥还是鼓励了我们,毕竟大家是尽了全力的,通过这次能力较强的对抗赛之后,我突然意识到自己的体能真的是太差了,寒假回去一定要去好好锻炼!

刚好是冬至,晚上萍姐跟我还有一群朋友去外面狠搓了一顿。

俊儿因为编导系有晚自习还有贤哥也因为排练都没有吃饭,我跟萍姐买了饺子然后翻墙回学校(7点半学校关门,如果从大门进要登记,所以还不如翻墙)给他俩送了饺子。比较烦心得是我的脚伤两周了还没好,看来是发炎化脓了。萍姐又带我去医务室包扎了一下,回到宿舍脚踝就没之前那么痛了。

这段时间,我最关心的大事就是参加寒假新疆招生组的选拔了。

我们大概有20人左右参加面试,只取6人。基本就是先自我介绍一下姓名,哪个班的,家是不是在乌鲁木齐,能不能吃苦之类的询问,等我们全部考完已经到了1点多,一切都在预料之中,我入选了。

因为接下来还有表演的期末考试,所以跟老顾、大妞在学校前门随便找了一家面馆解决了午饭。然后各自回宿舍拿道具准备去排练。

这周考"过把瘾"的有两对儿,所以大家分工带道具,当然因为我有多余的棉被所以最难搞的道具是我带,囧。

去教室的路上遇到班长又跟他一起去借机器(表演考试要

录像。而且他还没带学生证没法借)。好不容易到了表演教室突然发现电池不够,我还没来得及熟悉台词就又屁颠屁颠地跑回设备科去借电池(是不是好惨)。回来后已经是2点40分(上课10分钟了)。我跟静静是第二组开始考,第一组上去之后我先休息了一下没时间看台词了,硬着头皮就这么上台了,演的过程心里倒不紧张,就是忘词了,然后不由自主地自己往下串。不过还好,点评老师说我超常发挥(哇嘎嘎嘎!)。看得出来琳姐觉得我这两周是苦练了,而且每次都是道具带得最齐的一组。第一也不是白拿的(狂笑中)。

虽说圣诞节在中国已经过去了,但是在美国那里正是圣诞夜。因为我是个资深的NBA球迷,从2008年开始每年的圣诞大战都会从头看到尾,可惜,专业课不能翘,只好去上课了。由于考试临近,专业课是有口试也有笔试的,桐姐跟我们说,这是我们本学期的最后一节专业课。

我们上午组的同学跟桐姐一起拍了张合影以示纪念,真的很喜欢桐姐、琳姐这样的老师,一脸的恬静,没有戾气,想想从前的德育处老师那从不见笑容的脸就知道什么叫戾气……

双休日其实我们一天都没有休息。虽说老师没有占用我们的时间来上课,但是28日要考专业笔试。27日也该抱抱佛脚了。所以大家都没有出去玩,我去借了190的机器回来反复琢磨。毕竟摄影课我是真的不想挂。大概看了一上午的机器,看到快吐了我才还了机子,回到宿舍不想动了,可我们四个人11点订的外卖2点了居然还没有送来。

就在我们穿好衣服准备出去吃饭的时候,外卖来了。真是郁闷得很。我点了一份火腿炒河粉,别的吃不惯我怕浪费了。

腾哥订的也是他最喜欢吃的口味,至于远东那个阿呆不知道要了份什么饭,吃了一口对我们说好难吃。正好木木跑到隔壁宿舍玩ps3去了,远东无比鸡贼地把木木的饭跟他的饭倒换了。等我们三个吃完了木木才回来,打开饭说不是他点的,搞错了。远东就说可能弄错了,你就将就着吃吧,顺便还给我们使个眼色。结果让我们三个吐血的是——木木吃了一口,就点点头说这饭味道不错。虽然不知其味,不过我们宿舍最能凑合的远东都说这饭好难吃,我不敢想象木木居然会说味道不错。

吃完饭,我们都没再出过宿舍门,并且早早地上床睡了。第二天下午要考试,又是专业课的笔试,因此大家都不敢有所怠慢,看着那么厚的一本书欲哭无泪。我记得上周上课时老师拿了一张去年大一的考试卷,我们都拍过照片,直接点开看了一下,想想连续两年不可能出原题,所以有好多问题就只能通过微信去问桐姐。这也是我大一上课以来,第一次这么认真地在宿舍里如此用功的好好复习。

6点半,全员出动,大家都开始往考场走。原本提前一个小时以为已经很早了,结果到了以后才发现好位置都被别人抢完了,什么原因大家都懂的。只剩下前三排的座位有些空位没人坐。我去,这不是逼得我裸考嘛。当时的心情,别提了……不过,有时候就是这么命好,卷子发下来的时候我简直不敢相信自己的眼睛——这不是老师复习过的考试题吗?好像除了我,还有几个童鞋发现了这个严重的问题。不过大家都没有笑出声,既然上天如此眷顾我们,那还客气什么,13分钟写完交卷!就是这么酷炫!哈哈,好佩服自己。

2014年的尾声

2014年的最后三天,最不堪回首的就是头一天。而且我保证,也是班里大多数同学不堪回首的一天。29日早晨是摄影考试,免考的大概有十几个人,他们只要签完字就可以回了。而我们期中考试成绩没超过75分的人必须参加期末考试,大家在教室里等得非常着急。楠哥不按名单点名,而是随机点。眼看都快半个小时了也没有到我,却听到消息说要把免考的人都叫回来。我当时就傻了——我去,想挂人也用不着这样吧?我们还不够他挂的吗?

后面又听里面考试的同学说了原因,腾哥原本是免考的,在老师那里签字时老师顺便让他把磁带给装上去,结果他捣腾半天不会装。楠哥立刻就怒了,直接让所有免考的学生都回来重考,生猛!不知道是该高兴还是该哭泣。在知道免考的人中间还有几个没有通过今天的考试之后,我绝望了,也许是真的过不去了……

又等了大概10分钟,终于到我了。摸着小心脏,进去以后先说:"楠哥好。"

楠哥瞅我一眼说:"你今天不过,我不收拾你,回家有人收拾你。"这话听得我直接一个冷战就上来了。

之后的考试大概流程就是装磁带,安脚架,开机,小心翼翼地都做好了,然后回答问题——结果:"光圈是哪个?有什么用?怎么调试?"……好吧,我跪在这里了,之前复习的时候就有点犹豫,结果最后还是估计错误了,唉!

你挂了——哦呵呵。我当时就抱着这个想法直接走出教室了。说错了一项,就是有点不甘心。如果让我操作机器不是直接口说我肯定不会出错。手工操作都是一气呵成的步骤,换成口述就会不小心遗漏。现在说什么都没有用了,还是自己用功不够,一整天的心情就这样毁于一旦。

第二天是表演课考试。因为我上周就已经考完,所以只需要当观众就好。

31日,最后一天上课,早晨的摄影只有29日没考的人去教室,其他人都可以不用去了。

试考完了,就不再想得失了,不管怎么样,生活还是要继续。晚上7点多的时候,我们开始了已经计划了半个月的跨年狂欢——十几个人一起去市里的兰桂坊。到处都是迎新年的人流,成都人还真是爱热闹。到了兰桂坊发现,人都快挤成相片了,哪里还有我们的位置,就转到四川音乐学院附近,找了一家稍微安静一点的清吧,当时我们还担心会不会就在出租车上边堵车边跨年,真是心塞。

在车上的时候妈妈还给我打电话问我在哪里,实在不好意思说要去外面狂欢,准备彻夜不归了,所以就骗妈妈说出去吃个晚饭,晚上关校门之前就回去。老妈那边顺利解决,剩下的事情就是怎么嗨了。

我们一行11人坐在酒吧里,老板也非常热情。我们点了原浆的啤酒玩桌游,所有人的手机都必须放到桌子上,谁的手机响了就接受惩罚。在成都每周末大家出来聚的时候基本都是玩桌游的。这种游戏在新疆我是没有听说过的,但在成都,大家都玩得非常溜。现在,我差不多也是一个白银水平的桌游玩家了。

老板给我们上酒时,都是一桶一桶地提,180元的价钱能喝多少算多少。装酒的桶差不多跟新疆装格瓦斯的桶差不多。大家一致决定先走一个,没喝过原浆的我还有点怕这种酒,因为一晚上光顾着找酒吧什么都没吃,怕这样空腹会喝吐了,又不好扫大家的兴。不过一杯下肚以后感觉这酒倒也没什么特别(仅仅是当时喝完的感觉)。然后就开始一起玩小姐牌,仿佛约定俗成的一样,顺序都不带错的,不由自主地想起余华的小说《许三观卖血记》中的那句:"一盘炒猪肝,二两黄酒,黄酒……温一温。"至于小姐牌的玩法就不细说了,只要是出去玩过的同学没有不会玩的。重要的是每个人都可以愉快地参与,提升跨年的气氛。

当天晚上一直闹到5点半的样子,大家可能才想起来还有睡觉这么一回事,哈哈……到最后老板看我们的眼神都不一样了,估计是亏本了,我们一共喝了十多桶,他能不心疼吗。

我的2014年,我的第一学期的大学生涯在欢歌笑语、觥筹交错中呼啸而过。

我们当然知道,这样喝不好,但是怎么办呢,我们这么年轻,有的是可以糟蹋的身体;有的是可以挥霍的时光;真的好想说一声——年轻,真好!

那天不知道别人的情况是怎样的,我是越喝越难受,从3点开始就得一会儿往厕所跑一趟。有时候是真的上厕所,有时候就是去吐。结束出门的时候倒是一点酒意也没有了。冯哥他们早就在附近订了酒店,只有我跟俊贤、萍姐、俊儿几个还没有住的地方。萍姐应该是对这边比较熟悉,跟我们说顺着川音走下去有好多酒店。俊儿看样子是晕了,俊贤一路上不说话,应该也不太清醒。走了大概有十几分钟就在川音对面的一家音乐酒店住下了。

第二天早晨起来就退了房去吃饭,发现了一家新疆餐厅,三个新疆人一致决定去这家吃,也没有问俊贤愿不愿意,我们就拉着他直接进去了。看了菜单发现这里的东西贵得离谱,肯定是觉得四川人没怎么吃过新疆饭漫天要价。拌面的价钱还稍稍说得过去,巴掌大的馕5元一个,碎肉抓饭一份30元、加羊腿是50元,这不是开玩笑吗?不过为了解解馋我们还是咬牙跺脚点了。

俊贤是湖北人,我们本已预想到他也许吃不惯抓饭,但没有想到会那么严重——他一闻抓饭的味道就直接在餐厅里吐了……晕死,整个餐厅的人都在看他。我们帮他收拾干净,吃完饭就出去给他买药了。也许是口服液管用,那辆破面包车一路上颠得都快散架了,他居然也忍着没吐,好在到了学校就没事了。

2日下午看到安哥在群里给我们发的祝元旦快乐什么的吉祥话,顺便很鸡贼地说了一句3日开班会。呵呵,原来还要开班会啊。

3日晚上7点,等我们到教室时安哥早就坐在那里了,看表情就知道心情不爽。果不其然,安哥没说几句话就冲着后排几个迟到的倒霉蛋发火了……"这个元旦呢,大家可能都过得很开心,但你们安哥我不开心。为什么呢?我这个元旦差点死了"——下面一片哗然。

"怎么回事呢?我开车出去,看见红灯我得停车吧,我刚停下,后面一辆运货的卡车直接就给我这撞过来了,幸好后排没坐人啊。就我本人没事,我的车都被碾成柿饼了。当时我就下车了,那个司机也下来了,特别抱歉地对我说:'对不起,我疲劳了。'这话说完我也就没什么气了。大家都不容易,你过年过节地还在外面跑我骂你我也不忍心啊,再说人家态度这么好,是吧。一直说公司有保险一定给我全额赔。所以你安哥也没那么生气,我气的是什么呢,是4S店里的那帮孙子,我车都成那样了,他们居然说可以修。我当时就怒了!"

台下都已经笑得不成样子了……

安哥突然话锋一转:"所以,你们安哥最近的心情非常地不好,你们谁敢惹我,我就削谁。尤其是最近要期末考试了,我希望大家都安分守己,就算交白卷我也认为你是一个有出息的人,别给我整个作弊被抓,我丢不起这个人。还有,如果你作弊被抓了来找我,我一定会落井下石……"

意思简单明了,丑话都说在前面。反正安哥开班会就是让我们心情愉悦,挨骂都觉得痛快。没有从前一开班会就烦的心境了。班会结束后,很多同学都挺关心安哥的,围在安哥旁边问长问短,毕竟是我们的班主任,亲老师啊,哈哈。

原本以为学校就放元旦的三天假,但接下来这三天其实也算是放假。因为大三的学生要考试,而且很多课我们也已经结课了,所以就不用去上课了。这三天老师要求我们抓紧时间好好复习。其实,不这么要求也没人往外跑了。步入1月了,11日就要放寒假。大家买了机票后都没剩多少钱了,几乎都在宿舍里宅着不出门了。

其实在宿舍宅着也挺好的。英语考试的范围老师已经告诉我们了,除了听力跟作文,剩下的题基本都是我们学过的书本上的原题,老师上课也是讲过的。还好在高考冲刺时背了很多单词,现在也没有全部忘光。只是英汉的句子翻译感觉压力比较大,这一块分值也比较大。上高中的时候就有点怯翻译,主要是高中学艺不精,留下的大学恐考后遗症。

考试的流程:7日早晨考英语;9日早晨考计算机;10日早晨考思想政治修养;11日早晨考现代汉语;之后开个班会就正式放假了。

楠哥说我摄影挂了。所以这段时间一直都没敢跟老妈联系,而老妈也非常配合地没有给我打电话。可能是女人的第六感太强了,怕打电话听到不好的消息,所以不敢打给我吧。

不过无论如何,我下定决心这几门笔试绝对不能挂科。高中那么多的考试都撑过来了,还怕大学的期末考试嘛。再说了安哥早就告诉我们,大学跟幼儿园是一样的,教你什么考你什么。教1+1就考1+1,绝对不会考你1+2。这话我认可,毕竟angelbaby(我们就这么叫英语老师)已经告诉我们会考书上的原题。因此,不能失误!一定要过!

扎扎实实抱了三天佛脚,这三天,就是继我专业课笔试之后学得最努力的三天了。也是我目前为止大学生涯最"黑暗"的三天了。本人一向不屑于复习。中学时化学学得非常好,所有的知识都是融会贯通,任何考试我从来不看化学。考试照样是班里前三(仅指化学单科,沮丧)。所以从不复习的我突然昏天黑地复习三天,自己都被自己感动了。

7日是期末笔试考试的第一天,鉴于上次考专业时的经验——大学考试是自己去选座位的,先到先选。9点半考试,我认为8点起床、半点出门已经很早了。谁料到,8点半基本就只剩下前排的座位了。这是逼疯人的节奏嘛,当即就在班群里发了句:我后天8点就到考场,需要占座儿的提前说。还好英语发挥不错,有几个"中国好同学"帮我占了个还算靠后的座位。当然了,坐在后面绝不是想要作弊,只是坐在前面离老师太近被盯着答卷会紧张,影响本考神的超常发挥。

我的旁边是青青,后面坐着的是一桶跟花花,前面是枫哥跟他女友。监考老师看起来有点不好对付。毕竟是第一天开考,应该用这种排场吓唬吓唬我们。大二的学生昨天就已经考了一门了,听他们说监考老师很可爱。不过大一的监考老师很可怕。

卷子发下来了,我直奔作文。因为我有个习惯,英语考试我把作文先写完了就不怕时间不够了。凭借着高考积攒下来的一点家底,一口气写了将近两百个单词(文章只要求80个单词)。刚好写完就开始放听力了,听完之后感觉还不错。把所有答案全部涂到机读卡上直接交卷,走人。帅呆了。

养足精神准备迎接第二场计算机的考试。8日没有考试,不过大家的计算机学得都不怎么样。说到老师,想起我曾经跟小玥吃饭时,她问我计算机老师是谁,我说是彬哥。她脸上的表情我真的是忘不掉。

"怎么?"

"我大一的时候就是他教的,整个一挂神!"

"……你的意思是?"

"你必须好好学了。"

现在回想起这些,心里有点小后悔。真该好好学。9日的考试,牛都吹出去了。但是最近不知道怎么了,整晚整晚地睡不着觉,去医务室看,大夫说我神经衰弱。这种情形大概持续了一个多月,每次都是凌晨四五点的时候才差不多有困意,好不容易睡着,早晨就起不来了,有时候为了赶时间压根就不敢睡了。9日早晨室友叫我起床的时候,都8点一刻了,打开手机,信息咚咚咚往外跳,还真有人让我帮着占位子,我只能回我睡过了。没洗脸没刷牙没洗头戴个帽子就跟室友一起往考场跑。路上碰到青青了,突然在我耳边喊我吓了我一大跳。跟她边走边聊才发现她也给我发微信让我帮她占位子。

好在由于考过一场了,大家也不好意思再去坐别人前一天已经坐过的位置,都很自觉地坐在原位。这样,我身边的布局又跟前面考试时一样了。

监考老师更是醉了,把我们管得跟高中生一样,进考场还要坐直。这个姑且不说了,更坑爹的是试卷发下来,大家都是蒙完选择题后就开始大眼瞪小眼东张西望起来。花花更是牛x,开考没几分钟就交卷了。

而我呢,卷子是写完了,只是不想这么早就交卷,抬头看了对面的青青一眼。结果监考老师走过来厉声说我作弊,让我交卷。我就特别想说谁都不会,我看谁的卷子去,人家青青长得漂亮多看一眼也有错?之后监考的男老师过来看了一眼我的卷子直接就笑了,对女老师说,让他写吧,他没有作弊。这话瞬间把我刺激到了。难道我全都做错了?交卷走人,心情爆差,比成都冬日的天气还差。

不管喜与忧,哥的这一学期结束了,想家、想那有暖气、有美食、有亲人的家了。

人在囧途

考完最后一门课程,就代表着我们大一上学期的学习结束了,接下来就是激动人心的事情——尽情地回家玩耍。原本老师说,我校的放假时间会比较晚,所以早早就先订了一班18日回家的飞机。但是后面接到了正式通知,学校15日就要关闭寝室,断水断电了。所以就退了18日的票重新买了一张14日的。

万万想不到的是,14日到了机场,便开始了我现实版的"人在囧途"。原想早几天回家,老妈一定想我了,所以重新买的票,不然还可以在成都玩玩。我记得特别清楚,那天我的飞机是某航的xx6942航班,当时我买机票的时候想着买晚上12点那一班的飞机,结果晚上的票都卖完了就买了中午的。

我们拿着登机牌排队时,听到通知说航班会延误几个小时,然后登机牌换成了酒店的午餐券。所有人都坐上大巴去酒店,结果到了酒店还不是一人一间房(虽然是家五星级的),我跟一老翁分到一间房,老人一进门就开始跟我喧自己当了四十几年的教师,当年怎么受迫害……说心里话,我不是一点也不想听,但您别老往外喷唾沫星子啊……好不容易挨到午餐时间,革命家史暂告一段落,我拔腿就跑。

感觉还不太饿,所以就没吃酒店里的免费午餐,跑到外面想找家网吧,结果一无所获。好嘛,那我就回去等消息。回到酒店之后,老教师跟我说误机的原因是我们这趟飞机要在乌鲁木齐经停后飞库尔勒,而库尔勒大雾,所以飞机延误。我一看表都晚上10点多了,心里已经明白晚上注定是要在这里待着了,不过唯一让我欣慰的是,一起回新疆的小伙伴无论是哪个航班的都没有走成(包括新疆招生组打前站的谢老,哈哈)。12点一过,这下好了,连航班信息都查询不到了。没办法了就睡觉呗。

第二天早晨起来得到的消息是,乌鲁木齐大雾。哦……默默哭泣三分钟。已经没法形容我当时的心情了。然后更二的是第二天我们住的就不是五星级酒店了,换了一家招待所(不黑不吹,跟招待所真心差不多),而且还变成了自己解决吃饭问题。好在一起等飞机的时候认识了两个小伙伴,都是在成都上大学的维吾尔族。万恶的第二天,招待所里居然跟一个GAY分到一起,我放下行李直接就出门了,跟着两个小伙伴吃了饭之后找了家网吧,上网查了一下我这学期的各科成绩,其中专业课跟表演的分数都在92分以上,其余的科目也都过了,计算机果然是挂了,总的来说还不错。感谢摄像老师的不挂之恩!看完成绩之后心情总算好了那么一点点。

就在我们百无聊赖快要睡着的时候,招待所的客服来电话让我们赶快回去,飞机可以起飞了,看了一下表,我买的是14日中午14点30的飞机票。现在的时间是15日晚上22点49分,可以想象一下我当时那个"明媚"的心情。拿了行李之后所有人都往车上挤啊,然而我们到了机场还是得等,最让我不爽的是很多小伙伴都已经陆续到了乌鲁木齐,为什么我们这一班拖拖拉拉慢得要死。憋着一肚子火又在机场等了将近3个小时。16日的深夜2点我们才上了飞机,这个时候已经不是我们原来买过票的飞机了,变成了CZ6926,不过啥飞机已经无所谓了,重要的是我可以回家就行了。

2点半飞机起飞,我直接呼呼大睡。5点10分被吵醒后,机上广播说还有20分钟到达伊犁机场,哦吼……我简直快要疯掉了,到了伊犁又要我们住宾馆,我真是醉醉的,吐鲁番没雾就不能在吐鲁番降落吗?空乘说吐鲁番机场小没法降,我太想太想骂人了……半夜到宾馆,再睡,到了16日的中午11点,才真正是我们此次的目的地——乌鲁木齐,大概在12点半终于回到了家。

在新疆招生

整整一个寒假,除了头两天感觉比较爽之外,就是好无聊好无聊的状态。妈妈也从刚见面的惊喜和各种做美食的兴奋中转换了表情模式,称呼由刚见面的"儿啊"变成了生硬的"哎"和"你",比如:"哎,你能不能早点起床?""早饭必须要吃!""把饮料换成白开水,你就喜欢垃圾食品!""哎,屋子能不能收拾一下,整得像个人待的地方?"……

唉,也就一星期多一点,慈爱的老妈就像小时候给我辅导功课一样,玩起了变脸。

赶紧给自己找了个事儿干,我还在学校的时候就有一些今年艺考的学生通过我的专业老师找到我,想让我在艺考前的一段时间给他们上上课。

我刚回来的时候他们还没有放假,所以我在家闲了一个星期之后就正式去上课了。第一次上课时(实际上第一次都不算是上课,试讲),一般都是家长把专业、考试事宜等所有的情况都问清楚了,第二次才是常规的讲课。当时我带的学生有三位,第一位是一个女生。到了她家之后,她妈妈光咨询就差不多用了将近三个小时,无非就是从最基本的问题问到专业知识然后就是艺考相关的事项,还有怎样才能使自己的孩子拿到合格证的机率大一点……

学生家长问我这些问题的时候,我就想起去年自己考试之前,我妈问我老师的那些问题,基本都是一样的。虽然现在我是一名大一学生,太专业的知识我可能还没有接触到,不过照猫画虎,学着自己的专业老师去年跟我妈说的那些话,以及自己通过考试积累的经验基本能够让家长满意。

这三个学生的家长都见完之后,我感觉她们的心理是有点问题的:1.艺考不是很难。2.不是艺术类一本我们就不考虑了。3.目标只有中国传媒大学、中央戏剧学院还有上海戏剧学院这些学校。

当时我就在想,如果艺考真的都像家长想象的那样简单,怎么还会有百分之一、千分之一的概率呢?不过很多话不好直接说,总不能上来就说您的孩子没戏,别浪费钱了之类的,那就是典型的找抽型的,而且在我眼里,任何人都可以参加艺考,尤其是表演。退一万步说,播音主持必须是俊男靓女的话,那表演可就不一样了,那可是什么角儿都需要,当然这只是我的个人想法,不一定正确。

平心而论,我讲课是非常认真的,不只是赚钱那么简单。

再说了,世界上没有任何一个老师会只为了赚钱而上课,谁都希望自己的学生能出好成绩,不然怎么体现自己的价值。

虽然给这几个学生上课的时间都特别的短,但感觉真的不一样,我觉得自己很适合跟学生或者说是年轻人交流,而不是去电视台电台做主持人,当然一切还要看命数……之后这几个孩子就开始准备去全国各地艺考了,我也开始着手准备我的驾考了。在家看了两天书直接过了科目一,又过了几天驾校给我安排了教练,又去练科目二。因为过年的原因练车中断了,所以之后的考试就只能等到暑假回来考了。

今年的春节应该算是比较晚的一年了,2月19日才是大年初一。人长大了,就感觉过年没什么意思了,小伙伴们过年肯定是出不来的,我当然也一样。小姨小舅倒是来家里了,可弟弟却跑去伊犁他爷爷家过节了,大年初四才能回来。他今年要参加高考,估计没几天时间陪我,所以这个春节超级无聊。

果然,弟弟初四来家里住了三天就跟着小姨回家去了,可怜的高考生,这就已经开学了。

春节一过,我开始了这个寒假最重要的工作——招生!

放假之前,我已经顺利通过了寒假新疆招生组的选拔。回家后,心心念念就是这件事。谢老每年都负责新疆点的招生,一放假就来新疆做好了前期工作(就是我寒假回家,因为大雾飞机延误那次)。谢老这趟来,还是我去机场接的他。

说实话招生工作我本人是比较喜欢的,因为去年我就是在同一个招生点参加的初试,就是谢老招进大学的。所以私心想,要是每年都可以提前过来看看下届的学生是件很爽的事情(主要是美女,嘻嘻)。我校的计划是3月的3、4、5日在新疆师范大学招生考试,开学则要求6日必须到校,因为其他同学都是3月3日就开始返校参加军训了。

我们因为在招生组可以晚回校几天,但7日是必须要参加军训的。谢老1日通知我们2日在南湖那边开个会,3日全体人马直接在新疆师范大学会面。

当天早晨赶到师大,谢老坐在会议桌的最前方,所有人到齐之后每人发了一些招生简章还有学生考试时需要填的表,让我们画掉今年不招收的专业,填上今年表格上的考日……一开始大家还挺有干劲,可干着干着就想吐了,机械劳动实在是太没意思了,不过我暗想,招生的时候就爽了。

活儿全部干完后,老师说因为还有工作就先不在一起聚了,等我们的招生工作全部结束后大家再一起聚聚。

正式报名的第一天,就属我们学校招生规模最大,很开心。然后看看对面某学校只有两个招生的工作人员,据说两天下来报名的都不到20人,大家一起为某学校默哀一分钟。

谢老安排我跟泊宁一起去买早餐,我想如果去买包子之类的食物,可能女生们会嫌弃,而且也没有发票,便不顾路远去了一家KFC,我们进去买了一堆快餐开好发票,大包小包提着,又去买了两箱矿泉水和一些酸奶……当我们把这些东西拎到报名点的时候,简直是羡煞周围所有学校的招生组了。

因为人多没有地方坐。组长给了我们一沓传单让我们出去发,我们当然没那么听话啦,我直接带着战友直奔马路对面我上过的小班,我知道那里艺考生多,把传单全送给他们,也算是给这些传单一个最好的归宿。发完后我们一行人就去上网了(工作时间上网是不太好,但是我们真的没地方去了,外面很冷)。大概一个多小时后我们就回了招生点,谢老还担心我们冻坏了,一直关切地问我们几个冷不冷,搞得我们都有点不好意思。

不过大一新生招生时就是来学习跟发传单的,等明年招生就会好些,就属于有经验的师兄了。收工回家之前谢老嘱咐大家第二天开始考试,所有人要早早来分配考场。回家美美睡了一觉之后早早起床直奔师大,可惜因为太早街上没有美发店开门,不然还可以做个造型。心里痒痒的到了考点,直接一盆凉水浇下来,我被分到编导系招生。我在心里呐喊哭泣:谢老,我想去播持!表演也行啊!当然最后我还是"屈服"了,虽然报考编导的美女不多,不过我到底可以安心工作了。5日我们一直忙到下午7点半才结束。

谢老说就近大家一起吃个饭。等人都到齐了才发现,上座的都是今年来我们新疆招生的评委老师,虽然谢老说不许灌老师们酒,但大家还是开心地去敬酒。我在敬酒时说得最多的话就是:老师,我干了,您随意……结果直接喝醉了。丽媛姐跟我住得比较近,我俩坐一辆车,结束的时候我没有觉得喝多,但出租车走走停停地直接就吐在车上了。师傅气得让多付钱(这是姐姐后来告诉我的,我断片了),回家之后倒头便睡,第二天起来时,发现家里也被我吐得乱七八糟。还好当天就要回校了,老妈只好把一口恶气给忍了,忍了!不然肯定饶不了我。

吃完中饭,狂购一顿牛肉干……就踏上了回学校的路。

第一学期感言

大学环境的宽松让人欣慰,可以做自己喜欢做的事,而不是像中学生那样除了学习还是学习。我渐渐明了自己究竟喜欢什么、讨厌什么,了解了自己擅长做什么,不擅长做什么,也了解了自己的优点缺点。

进入大学校园,我渐渐认识到,一个人的渺小和无助。和一群与你差不多的、比你更优秀的人在一起,加深了对自己的真正了解。这里不是我想象中的象牙塔,除了学习以外,还有原生家庭的较量。那些开着豪车、挎着名牌包包的校友比比皆是。这种时候,比的真是三观了。谁都希望一出生就含着金钥匙,没有这个命,自己挣去,挣不来就安之若素。

幼年时,相信一切童话都是真的,现在,怀疑一切道理都是假的。

我不再狂妄自大,也不再妄自菲薄。敢问一下,这就是所谓的奔向成熟吗?我觉得,十八岁以后还能由衷感到大快乐的人,是世界上最幸福的人。

不知道有多少人,曾经问过自己生命的意义。这个问题,也许就是世间不幸的最大来源之一。因为对于大部分人来说,它永远无解。

上了大学之后常常有人问我以后要做什么。我总是说还不知道,事实上我也的确是还不确定,我脑海中的关于未来的影子只属于我自己,我不想也羞于与他人分享。我度过了顺风顺水的十几年,每一个转折点都平缓而相对完满。我有足够的信心,或者说是足够的顺应现实的勇气,去面对未来那个关于求生之术的最终结局。我注定是庸俗一族,但并不感觉悲哀。这个世界上并不是所有人都能做出惊天动地的成就,并不是所有人都能够像故事的主人公那样执着而痛苦地寻求生命的意义。

青春是一段狂妄的岁月。谁不想拉风的让周围人仰视,可是,凭什么?我常常感动于身边那些不顾一切地疯子,同情、钦佩而又满心羡慕。但我终究是个现实又俗气的人,安安全全平平淡淡的生活应该更加适合我。

有句话不是说:向日葵该嫁给阳光还是浇花的少年？还是让向日葵自己决定吧。

毕业之初,也是工作之初,会是我人生的又一个转折点,我将何去何从呢？

当一个人觉得自己将来能够拥有无尽可能的人生时,那是因为他的世界还太小太小。

人长大了,总是要跟这个世界和解的。

古人云:路漫漫,其修远兮！

感谢一路上每一位教过我的老师和导员,他们都曾经在我的生命里点过一盏灯,给予我难忘的温暖与感动,与我滚烫的青春岁月一起留在我的记忆里。

大学的第一个生日

我的生日快到了,美美从新疆直飞来成都准备给我过生日,所以几天来我几乎都在市里当向导,三陪带给我最直接的恶果就是——累到不想动。唉,以后放假真不能出去旅游,最好也别跟朋友到市里去乱玩——多么深的领悟啊！

5日我们一行6人去了锦鲤——也就是成都的小吃街。这地方对于一直在成都的我来说真的已经没有新鲜感了。只不过朋友没去过,所以就只能陪着喽。最重要的是这里的小吃特别的地道而且还不是很贵,100元可以让你把其中的一条街大概都吃过来。在锦鲤待了差不多有一上午时间大家才尽兴。

原本计划晚上去兰桂坊好好玩一下,因为6日是要上专业课的,怎么也不能翘专业课,晚上必须回学校,什么课都可以不上但专业课是一定要上的。所以我就暂时把美美单独放在市区,像个三好学生一样老老实实回到了学校。

6日上午的专业课结束之后,回宿舍匆匆收拾了一下就跑去敖岛路找小伙伴了,感谢俊儿帮我打掩护,如果不是班长帮忙,我连着翘课估计一定会被安哥发现的。敖岛路我是第一次去,因为来找我的朋友把酒店选在了武侯区,附近都是那种别墅环绕的地方,还有讲究的西餐蛋糕屋也是给我看醉了。大家不是很尽兴,十分不爽城里的清吧一点整就打烊了。

7日继续陪着大伙在春熙路天府广场逛街,美美买了多少东西先不说,重要的是太能逛了。终于理解很多已婚男士宁愿在商场外面抽烟干等,也不愿进商场的原因了,逛到最后真的会恶心呕吐,记得小学时有次跟父母逛天山百货大楼,直接逛哭了。但陪美美,我必须忍住,毕竟人家是从新疆翘课专程来给我过生日的,情义无价。终于熬到了8日。我以为天亮以后才会提我过生日的事情,结果到了12点伙伴们直接关灯,快乐来得太早了点,搞得我有点不适应。然后拿出了一早就订好的冰淇淋蛋糕,一场狂欢……

第二天中午我们把早午餐加在一起出去吃了顿大餐。下午我就跟美美分开了,她已经连着翘了两天课,得赶紧回校了,而我则被几个哥们儿拉着直接去了兰桂坊。酒吧经理一看我的身份证——过生日!二话不说就送了一瓶洋酒。

真正是对酒当歌啊!

忘记了几点回的宾馆,能确定肯定超过3点了。但是我依然很励志地在早晨8点就起床了。因为中央5套有两场的NBA季后赛——骑士vs公牛,火箭vs快船……太爽了!我支持的是公牛跟快船。虽然这几支球队都不是我最喜欢的(湖人这两年真的是一言难尽)。不过作为一个资深球迷季后赛这样的盛宴还是会关注的。

第一场比赛就没有让我失望。本来就一心希望公牛赢,但是公牛的命中率真的有点低,好在骑士发挥得也不是很好。当时就想如果连骑士都赢不了,接下去就真的没办法赢这轮系列赛了。好在最终的结果还没让我失望,罗斯在最后3秒投进了压哨的3分绝杀了骑士。我瞬间没有了困意,接下来的比赛就精彩多了。

开赛前解说曾预言:第三场比赛,快船的当家保罗会伤愈复出,火箭会做好相应的策略,比赛一定会激情四射。真是毒舌欤,开局果然与解说预测的差不多。两队一直到半场结束的时候分差都不是特别大,这样的僵局持续到第四节,一个无名小卒如一匹黑马跳将出来。

经常关注NBA的球迷都知道,快船的替补后卫奥斯丁是快船主教练里弗斯的儿子,就是由于这位"太子"的"坑爹",导致第二场快船输给了火箭。但是今天的情况完全不同,保罗因为伤刚刚好,不适合打太长的时间。而媒体对奥斯丁铺天盖地的"坑爹"论更是让这位小将气冲牛斗。还是那句话,能进NBA的球员都不是等闲之辈。这不,奥斯丁的爆发在第四节开局,他一个人居然连拿18分,瞬间把比赛带到了"垃圾时间"。比赛暂停时,所有队员都对他表示祝贺。他下场的时候全场两万名球迷起立鼓掌……

唯独一个人还在想着后面的比赛,那就是奥斯丁的老爹里弗斯。对儿子的精彩表现,老里弗斯的表情从头到尾都没有过一丝变化,即使儿子下场之后,他依旧用淡淡的神色告诉世人,我儿子本来就应该这样。

他老爸赢了!最终快船完胜火箭。看得太痛快了,哪个做儿子的内心都是希望父亲以自己为荣的。

看完这两场比赛之后我就跟朋友告别,准备回学校了。因为今晚同学还等着给我过生日,说好一起吃饭的。坐在车上,家里给我来电话了,昨天打电话的时候我不好意思提想换手机的事,因为还有一件事比这更重要一些。我们几个哥们儿决定每人凑3000元一起买台单反摄像机。所以老爸给我来电话时,我就直接说了摄像机的事没提换手机的心思,而且,不知道能不能成功。还好老爸同意了周一给我打钱。解决了这件大事,我就安心多了,至于新手机还是暑假回新疆自己打工去买吧。

到了学校跟老贾一起去订了饭店,跟大家约好晚上6点老校门见。6点半,人到齐了,一共23个人,继续过生日。好大好大的三层蛋糕,简直感人!开心炸了。不过,想到自己又老了一岁,还是很伤感的。

时光飞逝啊,我都十九了。这世界上唯一不用努力就能得到的,只有年龄。

这一年得到了很多,最大最大的收获,就是认识了天南地北的你们。

希望明年生日,你们还在身边。

有的同学送的礼物都上千了,让我情何以堪。生日宴同学们基本都是灌当天的主角,谁过生日灌谁,好在出了饭店我还是比较清醒的,随后又被一些新疆的同学拉去唱KTV,一直到12点多才回寝室,两场生日,可以用灯红酒绿、醉生梦死形容。

10日早晨起床时已经是中午12点了,清醒之后痛悔了一下近来玩物丧志的行为。细想了剩下半学期要做的事。没什么大活动了,就应该安安心心地上课,等待暑假。最揪心的是这个月的生活费已经在两次生日宴后亮红灯了,早知道就应该跟老爸说摄像机的集资款是4000元了,自己截留1000元。唉,算了,当时头喝大了把这么重要的事给忘了。

班长通知系里要对宿舍楼进行大检查,所以让我们都把寝室收拾干净,把那些违纪电器都藏好。

这一顿忙活呀!收拾完的宿舍和以前相比简直干净了不知道多少倍,哈哈哈,但愿以后能够继续保持下去。

校园万花筒

距离放暑假还有整整两个月的时间,也就是说我们马上就该上大二了。而且前两个月说实话我没有好好上课,每次出去都玩得比较晚。生日过后就给自己定了一个小小的目标——只要不是病得起不来床什么课都坚决去上。今天我就很好地履行了自己的规定。早晨为了去上英语我7点就起床去练声了。

这节英语课老师让我们说说自己的偶像,对于我来说,肯定就是科比啦。本来都想好了上去之后怎么组织语言,结果老师并没有点到我,所以我也就没有机会上台跟大家聊自己的偶像了。

老师说了一个全民偶像——尼克·胡哲,相信很多人都知道这个著名的演说家。从出生的那一刻起就没有四肢,他在演讲的时候自称自己有只"小鸡腿"。

上课时看演讲的视频,感触也是比较深的,因为我初中时忘了哪个老师也给我们介绍过此人……记得老师还问过我们这样一个问题:你们知道尼克在接受采访时说自己最怕什么?大家面面相觑之后老师说,他最怕别人把他抱起来。这个最怕别人把他抱起来的人拥有双学位。

所以今天在看他演讲的时候,我就对同学说感觉自己好差,唉!可是做一个那么励志的人也是太辛苦了。只好在心里暗想,做好自己吧,之后的体育课、游泳课、新闻理论、近代史纲,我通通都去上。这种按部就班的生活我会一直把它持续下去，一直到期末。

　　课后又把寝室收拾一遍，等待班主任的第一轮查寝。据说过几天还有院里的领导要来。好在我们上学期已经被查过一次了，这次有了足够的准备时间跟战斗经验。这段时间唯一算得上事的就是查寝。所以我们接到通知后就把课后时间都用在了打扫寝室卫生这块儿上……安哥说晚上会来男寝先查看一番，下午6点下课之后我们就一直打扫到7点半。

　　我在心里哀叹着：老师赶快来吧，我们实在是维持不了太久啊！等到安哥来的时候我再看我们宿舍，真心觉得就是我们刚来的第一天，寝室也没有这么干净。不过毕竟我们寝室是老寝室，学校去年又盖了好多新的寝室，环境比我们要好多了，所以老寝室有些"硬伤"确实是我们打扫不干净的。

　　安哥进门一脸严肃，一会儿说我们这儿不干净，那儿也不干净……说得我们都想揍他。我们干了那么久，就差去舔地板了，结果还是被说成打扫不彻底，堵心啊！

　　中午上完专业课，听说院领导要先去查女寝室。没想到系主任突然来了，接着安哥也跟着一起又来男寝了。虽然中午我们又小小地打扫了一下，还是很紧张。系主任查我们寝室的时候说我们洗漱间的地板不干净。安哥立刻就替我们解围，主任，他们这是老寝室……噼里啪啦一顿解释，当时我真是感动地稀里哗啦地。也终于知道为什么在刚进校时大三的学长学姐会说安哥"护犊子"了。最后大家全员待命，等待晚上院里的大BOSS再来我们宿舍进行终极评审。

　　每天早晨叫醒我的不是梦想，真的是闹钟。醒来听见室友吹头发准备去上课了，我想了一下周四是电视画面编辑。唉，说好的不翘课，绝对不能为了睡觉破例。所以我牙也没刷脸也没洗,头发就更不用说了,直接穿上衣服戴个帽子就跟着室友走了,还好是夏天随意一穿衣服就好了。

不知道哪个导演跑我们学校来了,据说是捧红了某女星的那个某导演,讲完课以后明哥就一直在给我们絮叨这件事。

这几周貌似学校有领导来查课。从前两天的查寝就可以看出来,所以暗暗告诫自己:这段时间要乖一些,别撞枪口上。

中午在宿舍吃完饭就等着下午去上大学语文了,这节课我还是比较喜欢的,唯一不满意的,就是这是一节大课。大课人多,不喜欢听的势必影响我这样的"好学生",哈哈。萍姐第一个就点了我的名,她一般都是挑着点名的。然后就是上周的回课,问谁愿意起来背一下上周布置的诗。

这种时候,偌大的教室里寂静一片,每次都是静静救场,自愿站起来背课文。事不过三嘛,这次萍姐不高兴了,说从下周开始她点人背诗。所以悲催的这周我要开始背诗了,老长了。难过!

上周班会的时候,安哥提了一下我们大班在六一要搞一个活动,基本上每个人都会有节目,就算不是单独表演的也会有团体节目。本来我一开始没把这事儿放在心上,结果班长专门来问我能不能上个钢琴表演。我答应了,既然应了,就不能含糊。众目睽睽之下,哥可丢不起人。所以,未来的10天左右一旦谱子确定,我就会疯狂地往音舞系跑了,因为音舞系有钢琴。

休息日,干妈叫我去她家里,家里来了客人她想带我们一起去三星堆看看。不过我报的节目得加紧排练了,而且周六本来是想一大早起床看比赛的,只好放弃了这么难得的机会,希望干妈她们玩得开心。不过东区的球队比赛开始时间太早,一般都是早晨7点整开赛。中午1点,两场比赛都打完了,而且都是一方淘汰一方。由于皮尔斯的压哨三分超时,所以不算老鹰晋级,而骑士基本没花多大力气就把公牛给送回家了。

看完比赛,我就在音舞系的教室里刻苦练琴。到了下午5点的时候老顾约我,说是巨星姐请我们去"归去来兮"吃饭。吃完饭接着练,晚上8点练完琴回到宿舍,泊宁、胡杨、老顾、娜娜已经来了。本想吃完饭再去哪个地方玩的,结果饭吃了一半就下起瓢泼大雨,我们只能骂骂咧咧地回宿舍了。

大家都很郁闷,为啥我们上课的时候天气好得很,一到周末放假就变脸。好好的周末就这么浪费了。

一转眼五月份过去一多半了。这周一原本是朋友的生日,不过自从五一之后我们就没联系了,当我特别忙的时候真就把这事儿给忽略了。这周除了排练以外还有我们的电视画面编辑课的作业,下周该交了。还好我们组的编剧在上周就把剧本写好了,这周只需要拍摄,剩下的时间就是剪辑了。周四剧组编剧给我们看了完稿的剧本。

内容大概是说一个无比自恋的男生,早晨起床之后就有很多的女生来给他送早餐(都是暗恋他的美女),然后都千方百计想跟他一起去上课,形影不离。而他的上铺室友则是他的马仔(这个马仔由我演)。之后就发生了一系列他跟那群女生的各种搞笑故事。直到片子快结束,他心中的马仔(我)把他叫起床,才发现这是黄粱一梦。结尾现实版就是我们俩在梦里的情景完全倒过来了。

为了作业成型之后让同学跟老师都能一下就看明白,我们在周末拍片时设计的动作是这样的——我叫他起床时拿着自己的臭袜子在他鼻子前不停扇动,这样可以显示出我们俩关系的悬殊地位,哈哈哈……不过很不巧,我们自己买的单反因为脚架还没有运到,这次拍作业还得去学校借机器。老师各种叮嘱后,要求我们在6点之前务必还回来。最倒霉的是当天我们拍最后一个镜头时居然又下雨了。我去,真是把穷学生们吓坏了,要是这机器坏在我们手上就真的是玩完了,无论是校方还是家长那里都没法交代。

去设备楼还机器时,每个借机器的学生都在办公室门口小心擦拭着,就怕到时候出什么问题。幸运的是淋了雨的机器没出任何问题。松了口气后,我们在少林的宿舍看片子,搞笑是搞笑,能剪出来才是真牛x,大家商议剪片子的事儿就放在周三的晚上。

周一周二都是满课不说,晚上还要去琴房跟搭档排练到很晚,我们找到音舞系的老师,知道我们是安哥的学生、是为六一的班庆仪式练琴之后,就跟琴房大爷说了一声,自此以后不用我们自掏腰包去琴房练琴了,原本是5元一小时。这段时间虽然比较累,不过每天过得飞快。练琴时,突然想起我的发小特儿,前年考到了星海音乐学院管弦系,学大提琴专业,每次看他的朋友圈都是在无休止的排练,而且难度很大,我们这个小小的班庆跟他的演出比简直是小巫见大巫,以前这货是个耐不住性子的人,现在我看基本已经被星海给磨平了,哈哈。

整个大班钢琴练得不错的应该只有我一个。所以呢,为了在班庆上出一下风头,每次去琴房我反而不觉得是一种负担,而且生出了不少的悔意。小学初中的时候多练练琴就好了,过完十级之后不要放弃就好了,或者老妈每次在我练琴时的飞脚再厉害点就好了,这样这个脸还能装得更有面子一点,哈哈……

周二晚上练完琴,凌晨3点半回的寝室,发现一堆人给我发微信。有老妈催我写日记、问生活费够不够用的,还有就是朋友们说我最近不理他们失踪了之类的……

现在是真的不敢松懈,班庆的演出要是砸了,感觉我的大学生涯也就砸了,关键时候掉链子,没脸了呀!所以不敢有丝毫的怠慢。

周三晚上我暂时把练琴的事儿放在一边,因为是大家约好一起去自阅室剪片子的日子。其实聚在一起干活儿还是比较有干劲的。只是我比较反感人多时不同意见太多,这样就显得毫无章法。所以每次脾气最大的也是我(不是我不懂得团队合作,是我嫌吵)。按照我的建议,就是组里选个最权威的给大家直接派活,谁擅长什么就做哪一块,把该干的事儿一起干完就走人,没必要讨论来讨论去,这样七嘴八舌下去,天亮也没个结果。上学期的摄像课就是这样。不过这次剪片子还算快,4点左右就结束了战斗。

老师对我们组的片子给予了很高的评价,真是没有辜负整个团队的辛苦,晚上剧组一起去吃了杀青饭。

周五下午上完非线性编辑课,这周的课程就愉快地结束了。焦虑的是这月的生活费严重超标,也怪自己刚进校的时候太大手大脚了,如今后悔也晚了。

播持系的第一场晚会

整个播持系的晚会还没到,儿童节先到了,好多女生突然开始过这节让我想不通,看了满眼的"宝宝要过六一,人家要红包"的话,我没觉得这是娇憨,顺便送自己一条名言了此残念:你的肉体过不了儿童节,但你的智商完全可以。

过了5月,准确说,过了两次生日后,我已经山穷水尽了,然而,屋漏偏逢连夜雨,寝室洗澡卡没钱了、而且是四个人的都没了、这次又悲催地轮到我去充,好吧,300元,还有100元的水电费,这样一来,我一个人在宿舍时空调都不敢开——太费电。挥汗如雨地忍着。

本想着下课就直接去琴房练琴,结果群里通知说6点50分艺体集合,必须全到……我一下子陷入深深的忧伤之中。几千人坐在一起简直就是折磨人,大馕坑一样,热得要死不说,还超级无聊。我幻想着点完名能直接从艺体溜掉,结果一晚上安哥看贼似的待在教室里,我们一个都没得逞,悲剧了。

这次来给我们灌鸡汤的都是2011级的大四毕业生,算是自主创业的佼佼者吧。第一个开讲男生是2010级的复读生,如今在香港办了一个培训班。当时台下的学生就不乐意听了。去香港办培训班?呵呵。小哥家里没银子能这么牛?即使我们跟这个学长的水平一样高。这种不现实的励志秀也入不了我们的心;第二碗鸡汤上来,我们直接傻眼了——一位2011级的学姐,满身的名牌,从头到脚似乎都在呐喊:姐有钱!姐很有钱!下面的学生们笑了,不知道她武装到牙齿没有,一开口满口金牙也挺励志的,不是吗?学姐煽情演讲说,自己家里曾经特别穷,几乎是吃了上顿儿没下顿儿。于是乎,为了改变命运,开始奋发图强,从小广场摆地摊卖东西一步步致富,现在月进小百万……声情并茂讲了三个多小时,台下已经开始有嘘声了……谁说过的,当我们在2楼的时候,看到的会是满地的垃圾;而在22楼的时候,会将满城的风景,尽收眼底。
不同的楼层,就会有不同的视野和心态。人也一样,当我们迈入了一个新的高度,达到了更高的境界,就会有不一样的视野和胸怀。

现在的我们被贫穷限制了想象力,虽然涉世不深,但我真觉得这个世界不是很公平的,很多人坏到流脓依然过得声色犬马,而有些人一生努力也依然改变不了命运。现在都说寒门再难出贵子,是在向阶层、出身、人生真相诘问吗?试问莘莘学子谁没有过这样表面无声而内在歇斯底里的感慨,这是多少鸡汤也滋补不了的真相。台上这些成功人士,真是在给我们画大饼讲情怀。

当然了,学长们讲的这些大道理我们都懂,站在台上也会说,可是,我们想看到听到的,不是百里挑一的优秀者,而是芸芸众生里的普通人,和我们一样的普通人或者说大多数的学生毕业后该怎么选择人生道路。如果有一天,一个清洁工人能站上这个舞台,给大学生演讲——我为我的职业骄傲;或者一个搞烘焙的美眉站在台上,说她这一生就热爱这个甜蜜的事业……如果有这样一天,不看高大上的价值,不以收入高低论人生成败,每个人都能从他从事的工作中获得尊严和乐趣,这是多么美妙的人生。可我们这一晚上听到的真都是离我们很遥远的创业梦。

励志熏陶结束后已经快10点了,浇灌了一脑门子致富梦想的我们还饿着肚子,就跟泊宁、佳辉一起翻墙出学校吃了铁哥烧烤。

安哥一再强调,班庆演出会来很多人,一定要演得完美不能出任何差错,要是出了错就玩完了(大家懂就行)。

我的搭档小周说,《卡农》用长笛吹出来特别好听,但是这个谱子合奏有一定的难度,我俩决定还是练把握大的《天空之城》。比起出风头还是先保住自己的小命要紧,不然出一点点状况,班主任会给我颜色看的。

这样,接下来的日子除了上课,业余时间基本都是在音舞系的琴房里度过的,我还不算太累,弹钢琴好歹可以坐着。小周就惨太多了,她的长笛是银的,比较重不说,还只能用虎口来托住，其他地方不能辅助，不然就没法吹了，更惨的是只能站着，还得很优雅地站着。这样一对比，感觉自己就比较幸福。曲子刚练得得心应手了，班庆的时间又往后推迟了一周，改到了6月16日，我俩觉得可以把节目搞得"高大上"一点了。瞬间就淘汰了《天空之城》转练《卡农》了，虽然有难度，不过我相信以我俩的实力，好好练习一番绝对OK的。

小周家就在成都，所以她回家的次数比较频繁，好在我们可以各自都练好了以后再合奏，没必要我自己单独练的时候还把她拉来陪练。

练乐器的人都知道，即使你每天都坚持弹琴，突然上手一个比较有难度的新曲目，刚弹起来还是有点费劲的，何况我是中考后就再没好好碰过钢琴的半吊子，谱子也超级不清楚，这全怪小春熙复印店的老板，复印机都不出墨了，居然还舍不得换墨盒。最痛苦的是琴房的纱窗坏了，一有灯光蚊子就兴高采烈地往里涌，这几天把我叮得是红包摞红包的，不过最难熬的几天过去之后，双手一和，跟前几天是明显不一样了，也找到感觉了。

周六轩哥来电话说晚上谢老叫唱歌，新疆招生组的同学都去，一人带100元。洗完澡之后和胡杨一起坐蹦蹦车先去老校门吃黄焖鸡。

实说实话我对唱歌不是很有兴趣，看见谢老来敬酒，很开心的样子，就问今天为什么要聚会，老师说因为他老婆怀孕了，为了庆祝自己快当爸爸了。

大家也是由衷地为谢老高兴。明年我们招生的时候，他的孩子就出生了，一进家门就能看到宝宝了。因为排练的原因，大家没有玩太晚，12点左右就回了学校，周天早晨8点半起床之后就去艺术交流中心排练。

11点,人已经差不多都到齐了。安哥坐在最中间审节目。之前审节目我都没有来,因为艺术交流中心没有钢琴。我坐了大概一个小时的样子,峰哥把我叫到艺交后门的一角说,这架钢琴你先练着,之后小周来了,我们赶紧开始合奏,练了有一个多小时,总算是满意了,下午4点,审完节目之后,小周要去春熙路借礼服,而且叮嘱我一定要穿得正规一点,不然就跟她不搭了。

　　终于到了展示才艺的这一天,大家一个个起得都很早,差不多6点半全都下床了(史无前例啊)。都在准备下午班庆时穿的衣服。

　　安哥说开场仪式大家是要走红地毯签字进场的……所以必须穿正装。一番折腾后,我决定穿学校发的那套黑色西装。腾哥的皮鞋坏了我给他借了一双,再选鞋的时候突然想到大个子小周的高跟鞋好像是12厘米还是14厘米记不清了,总之感觉要是穿起来也许和我1.8的身高差不多高了,所以就问腾哥借了一双内增高的鞋垫,可是把鞋垫放进去后我就穿不进去鞋了,这个诱人的计划只能胎死腹中。吃过中饭、洗澡出门,去把头发吹一下。发型师知道我晚上有演出直接给我吹了个大背头,瞬间老成了不少,他跟我说这样的造型能HOLD住全场。好吧,大背头+白衬衫+西装+领结……很拉风的样子,室友都说我很帅,还给我拍了照片。走在路上回头率果然比以前多了,不过真的是太热了,装酷还是要付出代价的。

　　到了艺交,静静看到我之后叮嘱说晚上结束了要一起合影。最后一次排练3点半正式开始。我的钢琴居然变成了电钢琴,原因是钢琴太重,实在搬不上台。好吧,这电钢琴还都是拆开的要我自己来拼。

　　我们的节目叫作"乐器串烧",先是由我跟小周表演长笛与钢琴的合奏;然后是东剑跟新闻系的大神合奏二胡与古筝。6点半排练全部结束。所有观众差不多也都到了艺术交流中心的门口,我们的主持人、演员也都各就各位。进场仪式是走红毯,先是由主持人一对一对地进场,原本我已经被小颖美女给预定了,可小周说今天必须跟自己的演出搭档一起走红毯。没办法,只能把我们的小颖美女给闪了。走过红毯之后在大幕上签字,好隆重的感觉,怪不得好些演员都迷醉走红毯,原来这感觉真的很爽呢。之后所有演员进后台等待演出。

7点半,晚会正式开始。第一个节目是几个比较潮的男生一起打B-BOX,也许是打得太猛了导致开场舞的时候音响爆了。检修了3分钟后节目才得以继续进行,我们的节目排在第三,老师们上台唱完《好日子》之后,就是我和小周上台了,真的演出了我们倒不觉得紧张了,完美地结束了全部的流程。

掌声袭来的时候,我突然萌发了一个重要的念头——将来等我有了孩子,我要在小学时就把所有特长班——什么钢琴班、绘画班、舞蹈班……给他通通报满,让他一到寒暑假就万念俱灰,再不要想出去玩,看电视的事了。恨死我都没有关系,等到他上了大学,在学校的联欢晚会上一鸣惊人的时候,被鲜花美女环绕的时候,就会无比感激我这个英明的父亲大人了。但是,他要想象我糊弄我老妈那样,可就办不到了,我一准儿能见招拆招。上小学时,我妈就会下班回家摸电视,不就是看热不热呗,我每次都提前用湿毛巾给电视降温,这样的歪点子,我总是智商在线的。

晚会结束之后大家意犹未尽,所有演员、节目组热热闹闹一起合影留念,并约好周末我们串烧4人组合一起去外面聚会。总之,这个夜晚,格外美好,我进校以来的第一次亮相还是很成功的。

接下来我们就开始为期末考试做准备了,相信这学期也能画上一个圆满的句号。

黎明前的考试

原本跟干妈约好周末去她家过端午节,但是打篮球时又把脚给崴了,醉死!我这脚在篮球队算是出名了。

这学期这只脚已经在同一位置崴了4次了。我不想给干妈添麻烦就说脚崴了不过去了,干妈担心地要来学校接我去医院看看,我知道没这么严重就婉拒了。

进入6月以来,我一直在关注飞机票的价格。但是,机票从6月初的1300元涨到了现在的2600元,据说还要继续往上涨。迫于无奈,我联系了8个小伙伴一起买了火车票,8个人的车票加起来刚刚3000元,差不多就是一张飞机票的钱。

老师已经开始带着我们复习了。开班会时,安哥说,7月11日开始考公共课,13日考完。

周一上近代史纲要时,老师进来说了一句自习,班里的人就走了一大片,如果不是崴脚我也走了,结果没撑够5分钟也还是跟老张一起跑了。到了快下课的时候老师开始点名,昊男给我发微信说不在的都挂了……这下走的同学全部玩完了。晚上全宿舍都在补毛泽东思想概论3000字的论文,因为这要算期末的平时成绩。

专业课老师周三给我们讲了一下备稿六部。语文老师平时要求比较严,所以我们的平时成绩扣分较多,不过有一个补救的办法就是全部背会这学期学过的诗,背会一首加5分,直到把你平时成绩加满,我背了4首就OK了,希望到时候萍姐放我一马。

周末我们都在外面拍片子,拍完之后的剪辑是件相当麻烦的事。这次老师的要求特别高,片长差不多10分钟,至少60个片段,所以我们就不断在换场景,从学校拍到奶茶店再到饭店、KTV还有宾馆……我们的片子是由6月6日发生在成都武侯区的一起情杀案改编的,所以有这些场景就不奇怪了。

周六拍到了凌晨3点,到了周天又拍了整整一天才算正式收工。

周一是英语口语考试。我的口语拿了16分,满分20分。接下来要对付的就是11日的笔试了,但愿顺利。不过之后英语老师约我单聊,说这学期我有6次没来上课,不过看笔试成绩还可以给我一次机会,只要笔试成绩考在80分以上就不会挂我了……真是瑟瑟发抖。周二的毛概课老师给我们画了三节课的范围,既然都是重点,还用得着画吗?不怕挂的人不少,好多同学居然都睡着了。

下午我们考了即兴口语,说白了就是即兴评述,跟当初艺考时一样,不过这次是让我们抽全国的高考作文题目,我抽到的是湖南卷,妥妥地过了。

周三专业课,苏姐(这学期专业老师)只给我们讲了半个小时的考试事项就把我们放了。接下来的大学语文就是在教室陪老师枯坐三个半小时。

电脑画面编辑课上老师告诉我,交上去的期末成品比较好,这样看来这门课也安全了。

3日考非线性编辑,这个剪辑让我跟着大部队一起当然没问题了,但考试需要独立完成而且是楠哥带我们,心里不是一般的紧张。考完非线性编辑,也就意味着我们这学期的课程全部结束了。

周天按时起来去了干妈家,干妈给我做了超级好吃的干锅兔,好吃得不要不要的。家里的饭真是任何一个酒店都比不了的,那叫一个舒服,酒足饭饱之后慢慢地晃回了学校。随手看了看手机就上床睡觉了,为第二天的考试养精蓄锐。

考完这一门,能一直休息到10日,然后再接着考三天。真纳闷学校为什么不一下子全考完,然后直接把我们放了呢?苏姐对我们说,每学期的课必须达到19周,满课了才能放假。

休息的几天过得比较无聊,有对象的都跑出去玩了,玩联盟的都窝在宿舍,而我只能跟东哥去打打篮球回来看看视频。

9日,美美从乌鲁木齐飞来成都找我玩,我俩在春熙路吃了午饭然后一起看了《小时代》,像我这种名牌不认识几个的人,有时候连别人在炫富都感觉不到。我本人是超级不喜欢这种不接地气的电影,看着看着都快睡着了,一转头这姑娘居然泪流满面,真是毁三观了。

11日的第一场考试是英语,35分钟就交卷了,还是得益于高考那段时间狂背单词的积累。12日两场开卷考试,压力不大。

13日才是本学期落幕前的重头戏——大学语文跟新闻理论,我的答卷自己还是比较满意的,交完卷子,长出了一口气,终于可以彻底放松了,当晚就和很多同学一起奔赴火车站,准备第二天一早坐车回家。

14日一早,大家齐聚火车站。8个人一起上了火车,因为打算中途去看看爷爷奶奶,所以要先在兰州下车。从火车站回爷爷家的路我是认识的,就没有在站口搭车,感觉火车站骗子太多。一直走出站口有500米的时候才打了车。到家之后奶奶吓了一跳,他们以为我会坐飞机,结果晚了一天便认为我直接飞乌鲁木齐了,完全没有想到我会坐火车。

两年没有见爷爷奶奶了,他们老了许多。上次见他们还是在兰州艺考的时候,爷爷自从摔了一跤之后,就不能走太远的路了。奶奶做饭时会突然想不起来下一步该干什么了,所以我就包揽了买菜的活儿。奶奶做饭时,我就在旁边嘱咐着顺便帮忙打下手。老爸打电话说爷爷奶奶身体不好,让我少待几天赶快回来。我就直接买了一张18日的硬座票。

这是我第一次坐硬座,车厢里乌泱乌泱的,各种味道各种脏实在受不了,几乎没有空间落脚,坐在人群中的我却感觉孤独得不行。看着车厢里一个个为了生活如此辛苦的人们,我暗暗跟自己说,以后要努力去赚钱,积攒实力,让自己的人生少点身不由己,少低一次头,少弯一次腰。

列车长说等有卧铺票了通知我。结果凌晨3点火车都开到柳园了,才来跟我说可以换票了,我心想太不合算,没多久就进新疆了,还换个毛线……忍忍就过去了。想是这么想,可我的身体还是很诚实地,一股无形的力量牵引着我补了票,之后一头栽在床上睡到第二天中午,下了火车一趟BRT坐回家,原想着舒舒服服在家享受暑假呢,万万没想到,新疆居然超级热,悲催的我等于逃离了成都又进了馕坑。

搬盐记

回家这几天气温连续在40°以上,从小到大,乌鲁木齐的夏天,家里是不需要空调的,但这几天酷热难当,空调都已经卖脱销了,新闻里说安装人员急缺,都在空运安装师傅了。所以老妈上班时,我就直接出门避暑去,不然在家里非热死不可,我家在高层20层,是顶楼。

只要是有空调的地方人都特别多,每当热得难熬时我就看看吐鲁番的一周天气预报,心情一下就好多了(坏笑)。那儿地表温度已经超过80°了。不过好在新疆再热也没有南方的那种潮闷,最起码在树荫下面还是凉快的,傍晚时也是能享受到微风的。

老妈请了休假,我们决定周三从家里出发去伊犁避暑,小舅提前一天过来和老妈换着开车,老妈一个人跑七八个小时的长途有些发怵,我还没有拿上驾照。早上9点整出发,在昌吉小姨家吃了早饭之后就上了乌奎高速,因为在赛里木湖玩了一阵,晚上11点才到伊犁小院……院子里毒蚊子太多,一下车就把我叮得不要不要的,而且小院里也不像妈妈说的那样非常凉快,反正是各种不痛快就想赶快回家,可老妈说好不容易休息,要在伊犁住一个星期,可院子里居然没有网,没网!直接把我的小命要掉了。

到伊犁的第三天,和老妈去火车站接小姨跟弟弟,老妈是个新手,又是女司机(大家懂的),中间一段小插曲就是弟弟一上车看见是我妈在开车,坐在后座的他立刻系上安全带,一句话也不说,表情严肃,直视前方。我妈一手扶方向盘,一手抬起撩了下头发,弟弟赶紧说:大姨,你把方向盘抓好哦。一下子把小姨都笑趴下了。回到院子弟弟问我在这里可以做什么,我跟他说我也不知道。弟弟从小到大都在重点学校的重点班,成绩比较好,从来不复习、不熬夜的他轻松考上一本,而且是理科。所以,他很骄傲地称我为——文科生。

弟弟只在小院里住了一天就跑到他爷爷那里去了,说是离市中心近方便玩。他走后每天都是我早晨起来去找他,晚上回家,如果天没黑的话我就会开一下小舅的运盐车练练手。小舅在盐业公司工作,看我实在太闲就跟我说要不和他一块去送盐,我答应了。第二天一早还没有睡醒,姥姥就在一楼喊我起床。小舅在北大营等我,看了一下地图,还好,有直达的公交车,到了之后差不多是10点半的样子,小舅那辆独特的车我一眼就看到了,上车之后小舅说我们今天上午有45包盐,也就是一吨半的盐要全部送掉。我心想这么多的盐怎么可能在一上午时间都送出去,搞了半天个体经营户都是提前预订的,我们只需要把货送到就可以了。

看着我一点儿也不熟练地搬运盐袋,那些老板还以为我是小舅的儿子。一般这活儿小舅都是交给仓库的搬运工干,我来了小舅说要锻炼我。我不想让小舅累着,所以一上午的盐全是我一个人扛的。小舅问我要多少钱当工资时,我说不要钱。小舅说就算不需要也要给,毕竟是劳动所得。最后我们各让一步,就按那个搬运工的工资拿了小舅的钱。一包盐的运费是4毛5分钱,赚了多少不好意思说,自己算去吧,但这搬盐挣的钱我好久都不舍得花。

搬盐可比我在酒吧打工累多了,中午吃饭的时候我连筷子都拿不住。小舅告诉我下午还有60包盐待送,哦,那不就是两吨了……唉,我咬牙想没关系,这可跟在健身房锻炼差不多,还省钱……就这样,我给小舅当了三天的搬运工,才三天呀,除了身上穿二道背心的地方没有被晒黑,其他地方已经跟身上完全不是一个肤色了。不过我倒是觉得这三天是我回伊犁最大的收获,我从没有想到自己会干苦力……虽然商户们说搬盐算是比较轻松的活儿,不过对于我这种没吃过苦的人来说已经是一个质的飞跃了。

搬盐也熬了我的性子,那么热的天,对于那些说需要盐、送到后又絮絮叨叨的商户,如果由着性子,真的恨不得冲上去给个五指扇。然而我不能,我没有资格任性。试问这种委曲求全的事,我们谁没做过呢。哪个人不想站着把钱挣了啊。但是当你不够成功的时候,你没有选择的余地啊。

这三天，精疲力尽躺在床上的时候，总在想，自己在没有足够的资金积累之前，钱是最重要的。等我有了足够的钱，才能有勇气，有底气，有资格去追逐自己觉得真正重要的东西。

没有钱的时候谈理想，谈自尊，谈真爱，就是矫情。

有了钱还市侩，还虚荣，还为钱奴，就是短视。

钱重要吗，重要，它的重要性在于，我必须努力把它变得不那么重要。那时候，大概才有资格说，自己就是为了兴趣做事，不为了钱做事。这才是真正的帅吧。

31日晚上我有点小激动，因为可以回乌鲁木齐了，并不是跟姥姥姥爷在一起不好，只是，没有网的院子再大再凉快也是很无聊，我已经没有办法在没有网的地方生活了。

8月1日早晨踏上回家的旅程，晚上8点就到了乌鲁木齐。接下来便是和发小、同学聚会的日子，这应该是所有大学生暑假的必备节目吧。一定是这样，你少年时候居住的地方，影响着你的一生。因为每个城市都有它与生俱来的气质，并且这样的气质将在你年轻的时候，悄无声息地浸润你，影响你，改变你。

这学期的暑假时间不是特别的长，仿佛转眼便过去了。临走前，跟老妈去了一趟电台老房子，那里存了两箱我小时候天天摆弄的奥特曼，还有童年的记忆——楼顶上空飞翔的白鸽，晚饭时分邻家阳台传来的饭菜香……

第二章

转眼大二了

　　不知为什么,我一回家,卧室就变得没法看,最怕的事就是妈妈收拾房子。可是,我在宿舍里是最干净的一个哟。临走的时候留了烂摊子给妈妈,实在是非常地不好意思,以后一定记得烂了的东西要及时扔,夏天出门也要关窗户,不然一场大风,拖地什么的都是白干。

　　言归正传,因为搬盐的经历,让我知道了挣钱的不易,加上老妈让我用打工赚的钱做路费,这次回校我忍痛又买了硬座。上车之后为了补卧铺票,就跟胡杨一起在9号车厢补票处一直站着,萍姐则坐在我们旁边,不好意思让她站。结果活生生地站了将近6个小时,列车员可能看我们可怜便给我们一人补了一张票,萍姐没有补到,由于到成都是两天两夜,所以我们三个就轮着去睡觉,第一晚上是胡杨换萍姐,第二晚是我换。前面我还能忍,到了后面地上睡的全是人,坐在座位上连下脚的地方都没有,于是我们坐在一起的几个人就去了餐车,虽然多交了30元,不过环境要比硬座车厢好多了,好不容易熬到了早晨,萍姐把我换回去了。一觉睡到中午到站了,我们包了辆车直接回学校。

晚上睡得很早,第二天安哥叫回校的男生去图书馆搬书,搬完时间也还早,班长说晚上回来的人一起聚餐,我们大概有8个人去吃串串香。

30日一早,宿舍的人都回来了。机智的我在回校第一天就把学费交了,这天交学费的长队都快排到篮球场了。中午,我们宿舍4个人一起去超市买了一些日用品,交了电费……

晚上安哥来,大概说了下学期的课程安排以及我们出行的安全事项,万事俱备就等着开学了。

本来大家都以为开学之际我们不会因为国庆阅兵而放假,因为之前的通知上说中秋阅兵和十一的假期加在一起放(学校经常干这种事)。所以我们已经做好了连续上一个月课的准备。拿到课表后倒是感觉大二的课明显比大一要少了。课表虽然每天都有课,不过强度已经比大一时要轻多了。

然而幸福来得太突然,就在我们上周三满课时(周三课最多),班群里通知说3—5日放假,6日上课补4日周五的课,这就意味着我们6日也只需上半天的课,之后再上三周课就又放假了。这在我们高中阶段是绝对不可能发生的事。如果在新疆的话,那么9月份还有古尔邦节的假可以放,哈哈哈,简直不要太爽。

这学期我们多加了马克思主义基本原理、新闻采访、形体课、化妆课……少了之前的很多公共课,比如说体育啥的,所以表面上看我们的课是少了一些,不过专业性的课程却在不断加码。虽然今年的课程不太繁重了,但我估计该翘课的时候还是毫不犹豫地。

安哥说大二是个分水岭,只要大二学好了,便有利于毕业之后找工作,所以我需要努把力,争取在大二不要挂科。

学校放了三天假,很多新生在3日就直接来报到了。好多人都因为要去看小美女、有些人甚至直接跑到火车站飞机场去迎新了,综合教室门口已经是新生为患了,老妈说要我给她朋友的女儿帮忙注册也不知道啥时候来。因为下暴雨,新生来的时候也异常的狼狈,迎新的同学们更是辛苦,晚上跟老顾他们吃饭时就直接爆了粗口,因为他负责卖电话卡,来自四面八方的家长用不同地方的方言各种询问,别的地方的猜一下还能回答,粤语就真的是扑街了……整整一天搞的他们一点脾气都没有,只能在晚上下班之后对我们发发牢骚了,不过还好,迎新过后,中秋跟十一的长假就越来越近了。

这周是连续6天的课。周五只有上午的大学语文两讲课。大学语文这学期换了一位老师,老师介绍自己的时候我大概明白了她的习惯:你可以不听,但是不能说话;你可以玩手机,但是不能早退;你可以睡觉,但是不可以躺在椅子上睡……跟我们上学期的萍姐简直是天壤之别。在萍姐手里,你光全勤不行,得背诗,不是唐诗宋词,而是先秦诸子的名家名篇,要是上课不记笔记就相当于没来,手机只要敢拿出来,就是一个字:死!不过大家不是被萍姐的严厉吓到而去听课的,而是她讲课非常有意思,无论是中国历史还是古希腊神话历史……只要我知道的她都知道(大言不惭)。我酷爱读历史,背诵现代汉语词典尾页的历代纪元表那都是童子功,小时候就和老妈看当时最火的百家讲坛,一集不落。我不知道的知识萍姐也能一遍讲到大家都完全明白,前提是,只要你好好听。

而这学期的老师,恕我不恭,从《三国演义》的书到各种改编的电影电视剧,我是全部看过的,老师居然在课堂上把关羽张飞说成关飞张羽,一些低级错误我就不说了,再来个更白痴的哏——诸葛亮知道自己大限将至,在大帐中照着北斗七星的位置放了7盏灯,只要49个时辰保持不灭就可延寿12年……老师说是马谡在最后时刻进帐打翻了灯……

哎哟我去,当时我就大声地喊了句:"老师,那魏延是谁?"才上课半小时,之后的课我一律没心情听了。

我只想说:把老师换回萍姐好不好?累点严点都可以呢——大学语文从此我不想学了(默默哭泣)。

细雨蒙蒙的九月

进入9月,学习生活真是特别的忙,每天午休之前都要安安静静地听一会儿音乐,大多是一些以前听过无数次的老歌,熟悉的旋律总能让我想起过去的事情,然后在回忆里沉沉地睡去。成都基本上是天天下雨,很容易让人想起《kisstherain》,曲调就像现在的细雨一般清新温婉,也像午后的时间一样慵懒而缓慢。这个旋律,是我大学生活一年多每日午休后的固定状态。有无数个中午,我伴着这个旋律起床,伴着它走进教室,伴着它记住了我美好或不太美好的大学时光。

如今,校园的窗外已经不是西北那熟悉的风光,而是一片截然不同的风景,拿到大学录取通知书,来到一个水土不服的城市,中午能有更多的时间可以听音乐去上课,从小到大,我们听着一代又一代人的歌走到现在,换了很多种曲风。初中红起来的周杰伦,高中最爱的久石让,大学迷恋的陈奕迅……有时候听听旧音乐,常常会想起旧音乐里被我们遗忘的旧时光。周杰伦的歌让我记住了年少轻狂时的叛逆;久石让的曲子让我记住了最干净美好的青春;陈奕迅的歌词里藏着我刻骨铭心的故事和难以言说的感动,个人觉得,粤语版更有味道。当整个城市寂寞拥挤,至少还有陈奕迅。哪怕有一天,时过境迁,物是人非,这些音乐依旧能还原当时我们的少年时代。

我甚至在想,35岁的时候可能会习惯镜子里自己不再年轻的容颜,以及我早已升高的发际线;50岁会坦然接受岁月带来的满面风霜,那时的我是否会忘记小时候对成长的期盼,是否会忘记青春里成长的烦恼,是否会忘记涉世之初的胆怯与青涩呢?

也许有一天,火车隆隆而过的声音也会变成一段旧音乐,帮我刻下现在的时光,我需要来到铁轨旁听到这样的声音才会忆起现在的生活。人当然会老去,但我希望,那时我脸上的每一道皱纹都是因为我曾认真地笑过,我也希望,当我听到每一种熟悉的音乐,想起那一段段熟悉的时光都是因为我曾认真地生活。

随着时光流逝,我们会走过生命的一个又一个台阶——毕业,工作,恋爱,买房,结婚,养小祖宗……绝大多数人都是一样,或早或晚,或缓或快,都在经历这一个个历程,有时伴着期待,有时被动着。中学的个别同学都已经有孩子了,我却时常跟妈妈说我以后不想结婚也不想养孩子。并不是我没有责任心,而是我们需要承担的压力越来越大,想的问题也越来越复杂,我们需要越来越强大的心脏,才能吸纳尘世的嘈杂。

在安静舒缓的节奏里,得到内心片刻的安宁,越来越难得。感觉自己越来越需要让时间慢下来,认清生活的本质。

所以,现在的我真的很享受这无数个中午——身边流淌的音乐,认真享受着午后暖暖的阳光照在素颜朝天的脸上。我依旧清楚地记得校园广播里每一个播音员的声音,我感谢自己,在内心安静的时候,认真聆听过耳边的世界。

我爱现在的生活……

一段日子里,常常出现幻觉。老是想象自己扇动着翅膀,在寻找真爱。一个声音仿佛在天际回荡——什么是爱情?疑云在我的羽翼间穿梭,我不知所措地望着远方,脑袋里把那个声音在心底重复了一遍又一遍。

可能一百个人眼中,就有一百种对爱情的解读。在这个爱情泛滥的夏秋交替的季节里,在爱情狂风的席卷之下,我必须怀有清醒的认识和理智的态度。大学的我们对于爱情有太多的遐想,我们拥有恋爱的自由,但并不意味着我们可以把爱情当作一场互相追逐的游戏,当作一种排解寂寞的消遣。

其实,大学校园的许多女生都已经很物质了,尤其我们这样的艺术院校。就像我们哥们间吐槽的那样:有时候邀请女生出来玩,她拒绝你的原因只有两个,一是她没有化妆,二是你的邀请不值得她化一次很隆重的妆容。都梦想着去找高富帅,可是高富帅们哪里有耐心谈恋爱,一切都可以用钱来摆平。连骗都懒得骗女生,他们的优越感赤裸而残忍。

钱财的确是男人身上最华丽的羽毛,也是这世间最有效的春药。灰姑娘的故事我们都耳熟能详,但是这故事里童话的部分,并不是水晶鞋,也不是王子爱上了美丽的姑娘,而是国王竟然让全城的女孩,不分贫富贵贱,平等地参加王子的舞会,这是只有童话里才会有的美梦。事实上,王子是永远看不到灰姑娘的,就算她倾国倾城,也要有机会打扮成公主,站在皇宫那美轮美奂的舞池中才会被王子看得到。

可是,有多少女孩子懂得这个道理呢?

爱情的五线谱上,每个音符都需要我们用心思量。

"如果说青春是一首诗,我想爱情就是那美妙的韵脚,有平有仄,若隐若现,在每一首诗中,散发着迷人的幽香;如果说青春是一幅画,那我猜想爱情就是那绚丽的色彩,有浓有淡,若即若离,在每一笔勾勒中,演绎着动人的惊喜。"这段话是我跟专业老师谈话时老师说的,很喜欢就记住了。

进入大二,同学校友们都渴望着自己能有一段惊鸿一瞥,一见倾心的爱情。世界变得越来越快,每个人身边都是人来人往。很多人对待感情的态度就像吃一份快餐,他不是喜欢那份快餐,他只是饿了。但爱情的种子成长为参天大树的过程中,更需要我们以专一和无私为阳光,以责任和持久为雨露。雨果说:"人生是花,而爱是花的蜜。"爱情是神圣和奇妙的化身,任何朝三暮四,只重一时的感觉,只求曾经拥有的态度都会损坏爱情的真实面孔。

每当假日中,看到那些美好的女孩子在酒吧里当"小蜜蜂",或者钻进校门口衣冠楚楚的男人的豪车里,我的心就一阵抽搐。这么轻松就让人把你带走了,一张卡一部手机就能把你打发了,这样的女孩,即使美艳逼人,谁会认真待你呢?就像有人说的:考试都过了,谁还看书呢?

尽管我才读大二,在图书馆里阅读了一些关于情感方面的书,书上就有对爱情本质的阐述,易中天老师在《中国的男人和女人》中说:所谓爱情就是一对男女基于一定的社会基础和共同的生活理想,在各自内心形成的相互倾慕,并渴望对方成为自己终身伴侣的一种强烈、纯真、专一的感情。印度诗人泰戈尔也曾说:"爱情的含义就是共同的追求,友谊的生活和心心相印。"在爱情的漫漫长路上,唯有志同道合,心心相印和相互尊重个性,和相互接受缺点的恋人,才能同甘共苦,笑傲情湖。当我们挥动着羽翼在朵朵白云间找寻爱情的踪迹,当我们在宙斯的指引下去寻觅爱情的天狼星,我们该以怎样的姿态去迎接那位让自己怦然心动的精灵呢?

张爱玲初见胡兰成时说:"见了他,自己变得很低很低,低到尘埃里。"沈从文这样理解他对张兆和的感情:"每次见到你,我的心上就发生一种哀愁,在感觉上总不免有全部生命奉献而无所取偿的奴性自觉,人格完全失去,自尊也消失余。"爱情中,我相信缘分,既然在词典中有"缘分"这个词,说明必有它存在的道理,正所谓"存在即合理",不可不信缘。

我以前看到过这么一个小故事:铁凝去看望冰心,冰心问铁凝有没有男朋友。铁凝说没有,还没有开始找,冰心说不要找,要等!我想,这里的"等",应该就是等待一种缘分。张爱玲曾说过这么一句话:于千万人之中,遇见你要遇见的人。于千万年之中,时间无涯的荒野里,没有早一步,也没有迟一步,遇上了也只能轻轻地说一句"哦,你也在这里吗?"缘来则聚,缘去则散。我觉得顺其自然,随缘的心态不是爱情中消极被动,而是不强求,不牵绊,心随缘动,爱有天意,人有悲欢离合,月有阴晴圆缺。顺其自然,流水落花,才是爱的艺术。

上学期大学语文老师萍姐经常说起张爱玲,不过我觉得她描述的那种爱情经历不是我心里完美的那种,就像我那段夭折了的存在了三年的感情……暑假的时候我信誓旦旦跟姥姥说我早忘了雪儿,您不用担心。干妈也老问我有没有女朋友之类的,还说大学一定要耍朋友不然会很没有意思。我也曾跟妈妈说,以后要是不找了你同意吗?老妈可能以为是玩笑话,但我非常肯定的是,再也不可能找到高中校园里的那种感觉了。

记得高中时,女生之间很流行叠千纸鹤,每年情人节前后,我会一罐一盒的得。我常常想起那个年纪,如今,谁会用那么久的时间折叠情感。

那时的雪儿,眼睛亮晶晶的,仿佛蓄着整个春天的雨水,清澈干净极了;上了大学,天各一方,那双只盯着绿卡的眼睛慢慢变得雾蒙蒙了……

这段感情结束得很悲哀,可尽管悲哀,依然是我经历过的最美好的事。高考是我不愿回忆的日子,但高中生活却因为有了雪儿,分外温馨难忘,进入大学才一年,那段小阳春的岁月,就这样轻飘飘地流走。

都说前世的五百次回眸,才换来今生的擦肩而过。这样的缘分估计我俩前世都回眸成颈椎病了。比翼双飞,需要多少月下的祈祷和无私的付出?千金难买爱情归,爱情就像那"矫情"的青花瓷,要轻拿轻放,要加倍珍惜。学会珍惜,即使遇到爱情的暴风雨,我们也会相互理解、相互支持;学会珍惜,即使天各一方遥遥相望,我们也会彼此问候,彼此牵挂。珍惜的是缘分,收获的是幸福。天际辽阔,我选择与你比翼,所以珍惜展翅高飞的每一个瞬间。

如今,爱情的味道,在蔚蓝的上空,一点一点地弥漫开来,说不定在一个转角,就是我们的爱情的艳阳天。

爱是可以自学成才的。相信有一天我会遇见另外一个她,便突然懂了爱,然后所有的一切就突然都有了答案。

旧日好友

快到国庆了,有几个高中同学来成都找我玩,一下子把我带到了那段青涩岁月中……在网页上翻出以前同学们的通讯录,思绪回到2010年到2014年,拖着行李、背上背包离开学校,离开小班宿舍,步入大学已经一年多了。看着通讯录里同学们的名字,同窗情怀涌上心头,心情一直都不能平静。记得毕业座谈会上我们的共同约定:同学聚会就要像过年一样,以每学期为一周期相聚。掐指算算已经快两年了,但是我们每次相聚时人都凑不齐,我们何时才能团聚呢?

毕业时，班委会设计了一本通讯录，人手一册。通讯录记录着同学们的寄语和电话，毕业那年还时常翻开通讯录拨打同学们的电话。时光飞逝，也不知道从什么时候起，我们的通讯联系逐渐少了，还有很多人甚至淡出了视野，已经联系不到了……

如今，只有逢年过节通过微信送去新年的问候。看着同学们发来的节日问候，仿佛瞬间又回到了高中时代，回到了熟悉的教室，小班，回到了我们没有"秘密"的宿舍，朝夕相伴，打闹嬉戏的校园生活，那样的纯真无邪，大学校园完全不一样了。

毕业后，同学们大多天南地北散开了，平日里的聚会也甚少，几个要好哥们的小聚倒是坚持着。我们真的长大了。渐渐的，我也领悟到了同学聚会的正确打开方式——比如说，当别人自黑的时候，千万不要傻傻去附和。其实人家的潜台词是"快来反驳我啊"。所以，当别人说自己胖啊、矮啊、学渣啊、挣钱少啊、头发少啊……我们该做的——一定是诚恳地反驳，如果对方说的句句属实，那就赶紧转移话题，不行就黑黑自己吧。

还有最重要一点是：不要随便评价别人的生活方式，即使你们再要好，也别拿自己不当外人。比如对落榜生说，"不上大学真是遗憾哦，哎哟你都不知道大学生活多带劲"；对单身狗说，"单身多孤独呀，你应该找一个"；别人丁克，你就说，"要是身体没毛病，还是赶紧生一个吧，晚生不如早生"；别人留在三线城市，你说"大城市才有机会，留在小地方有什么前途"；或者各种装x，他吃个这个、喝过那个、见过了不起的那谁，还需要别人频频点头来协助他……这样的人真的很欠揍。大家还能不能愉快地聊天了？遇到这样的同学我真的想劝他别再参加同学聚会了，每天早上去公园遛遛得了，那里最不缺刷存在感的人了。我就不明白了，别人结不结婚，跟男人结还是女人结，要不要孩子,喜欢待在哪里……这些统统不关你事!

快乐有标准答案吗?快乐不就是以自己喜欢的方式过一生吗?每个人都有选择自己生活方式的权利,不要把你的价值观强加给别人。

观察我们身边那些特别给人好感的人,也都有一种让人舒服的分寸感。很多时候,幽默和刻薄就在一线之间,牛x的人可以掌握一种微妙的平衡。

高中班主任付哥对我们常说的一句话就是:"在工作岗位上你们首先要无条件地服从,跟老大不能提民主,班里的民主就是你们是民我是主。"就这样的主儿,我们都在心里暗暗喜欢着,我们班的男生还为付哥抱不平打过群架。假期遇着他,付哥像哥们一样打问:"你和那校花咋样了?"这样的班主任谁不喜欢。这几年同学们虽没有什么大成就,可小成绩是源源不断的。在学校里比赛得奖,"先进工作者""优秀青年"等荣誉称号无不说明同学们都在各自的学习和工作中努力进取。每当听到有同学被评上先进的喜讯,我心里也是美滋滋的。

当然,也有过得非常不顺心的同学,所谓混得不好的人,也有属于自己的舒适和平静。原谅我读书不多,鸡汤喝多了,我想跟这些同学说的是——在这个世界上,你未必是最幸福的,但你肯定不是最不幸的。一个人不可能一直处于幸福之中,但你总该体验过什么是幸福。上苍让我们变成一朵朵花儿,我们能做的只是不停地延长自己的花期、不断地增加自己的花季。每一个花季都有其独特的美,无所谓谁更优更劣。

通讯录里的每个名字,都是一个美好的回忆,我们在校携手相伴三年,三年是短暂的,但情谊是永恒的。时过境迁,很多同学身上都有了家庭的责任。我们的联络少了,可我相信当你们翻开这本通讯录的时候,那份同窗的情谊还是那么浓烈。时光流逝却磨灭不了我们的记忆,淡化不了我们的情谊。时隔两年我们没能大团聚,可我还是很欣慰,我坚信同学们都是我们13届6班的骄傲。

想想那些听到我们年龄时,眼前一亮的人们,年轻多好啊!我们眼前一无所有,我们面前无所不有。

校园综合症

从29日开始正式放十一大假了,上个月的繁重的课程导致我有点感慨,写了一些与校园无关的话题。不过我的心态是十分乐观的。这个月让我自己感到满意的是,上个月的总支出只有960块钱,这其中还包括了请学姐跟小学妹吃饭的钱。当时如此节省的原因就是为了十一假期能够愉快地玩耍。

什么叫屋漏偏逢连夜雨?告诉你吧,就是钱包比脸还干净,但花钱的事情却源源不断。开学以来就被成都的各种小咬零距离亲热,两条腿都没有一块好地儿了,过敏、肿,于是买药,然后又是骨裂,再买药,好不容易省出来的1000元烟消云散。

假期的头两天都是在宿舍度过的。老妈打了1000元给我说是十一度假的钱,由于去年大假出游,让我深深明白黄金周外面的坑爹情况,估计1000元只够浪一天半的,所以机智地选择留在了宿舍。

干妈来电话说十一回家给我做好吃的,于是1日那天我就屁颠屁颠地去了,在干妈那里住了三天,福利多多,除了生活用品跟话费之外没花什么钱,还带了个新钱包回来,真是开心。最奇怪的是,我一出门所有人都开始叫我晚上去这去那的,连去青城山的都有,所以3日赶紧回校,当晚就出去嗨了,第二天早晨起来一看钱包里只剩一张光杆司令,就硬着头皮给妈妈打电话了——干了平生最无耻的一件事,骗老妈说要买复习资料缺钱,球鞋还破了个洞。老妈立刻转账银子,还嘱咐我买双好点的球鞋。收了钱,我"无耻"地奔赴重庆……

明知道大假不能出门的,却耐不住寂寞,一路堵车,看人头攒动的景点,结局当然是穷困潦倒地回到宿舍,然后苦苦追问自己——造孽啊,我为什么不在宿舍乖乖待10天呢?多么深刻的领悟啊!还好妈妈又给补充了些粮草,于是6日我们一行人又去欢乐谷飙车了,这一天,够快乐……

假期最后一天,就是倒倒生物钟准备上课了。

大假后第一天上课,路过播持楼,跟往常一样这个点儿路上是人山人海,本来每天都是这样也没什么稀奇的,然后就是这边一辆自行车撞了路人,那边两人互撞……路人都在低头看手机我就不说了,骑车的人单手扶着车把也是一边骑车一边低头看手机……

现在,手机走进社会的每个角落,在我们的生活中扮演着越来越重要的角色。大街上、地铁中、商场里,随处可见戴着耳麦,拿着手机的低头族。他们完全沉溺在虚拟的网络世界,对周围的一切视而不见、充耳不闻,把自己与周围的世界割裂开来。我们已经习惯了手机带来的种种便利。但是,凡事有利必有弊。在手机大行其道的今天,我们的生活方式和价值观念正在被不断地侵蚀、改变。对手机的过度依赖,让我们自身的一些功能逐渐被异化。

有一些人的自制能力差,常常通宵达旦地玩手机,长期低头对着屏幕,戴着耳机,敲打键盘,不仅影响人的视力、听力,还会造成身体免疫力的下降,思维神经的混乱。长期沉溺于网络的虚拟世界,会让我们与现实生活脱节,严重影响正常的人际交往。很多人不愿与人交往,造成了自闭症,甚至有人形成一种异化人格,不愿意与现实生活中的人打交道,这对于一个人的成长和发展是极为不利的。

　　网络上每天都有海量的信息,很多人面对大量信息时,只是抱着围观的心态,不加取舍地进行阅读、浏览,这样的快餐阅读,不经过筛选、思考,对人的思想和精神并没有多少益处,大脑就像一个容器,当我们的大脑被各种纷杂的信息所填充时,就无法装下自己的思想了。

　　对于离不开手机的自己,我想说的是,要经常抬起头看看湛蓝的天空、飘逸的白云、葱茏的绿树、五彩的鲜花……感受亲情的温暖,友情的珍贵,思考的乐趣,阅读的快乐……

说说我的"病症"

　　这周挺悲惨的,好不容易跟朋友聚聚出去吃个饭,结果回来就食物中毒了,整整难受了三天,直到周四上午才彻底好了。以前倒是从没有过食物中毒,倒是有好多好多的"精神中毒"。在我身边,有这样一群人:他们因各种歌星、影星而疯狂。上课时听MP3,做作业时哼歌。父母的责怪对于他们都只是耳旁风。他们不会因为考试倒数第一而难受,但XX的演唱会买不到门票他们反倒会伤心地掉眼泪……我从来不迷恋什么影星歌星,我的七寸就是NBA里的明星。

　　我们中毒了!我们的毒中得很深,没有解药。

　　你中毒了吗?我承认,我中毒了。

　　我室友中毒了,中的是"小说毒"。现在校园书籍泛滥,无论什么垃圾读物都要印上"本世纪校园最经典丛书"的名头。是的,这些书很时尚。但是,请你们等它在时光中生根发芽之后,再买回家看。因为,很多书是经受不住时间考验的。比较庆幸的是,这个辨识阶段我已经在初中时代就完成了。当时家乡因为一些事而断网一年多,家里的电脑成了摆设,网吧也歇业了,上不了网的日子只能看小说,一年多时间,我把妈妈书架上的书算是挑挑拣拣地过了一遍,妈妈感叹,这真是"塞翁失马焉知非福。"

发小特儿也中毒了,中的是"漫画毒"。我也曾热衷于漫画,但十五岁之后,我便不允许无聊的漫画侮辱我的智商了。如果是华君武老先生或者宫崎骏再或者几米的漫画,那就另当别论了。可如果是一些自称为是漫画大师的阿猫阿狗们的信手涂鸦,那最好还是不用"欣赏"了。我认为,听歌,看小说,画漫画也并不是不好,只是我们应该把它当作一种爱好、一种娱乐,而不是生命的全部。我们是学生,主要任务应该是学习而不是追星、赶时髦。如果中了"学习毒",估计家长会乐死了,但如果你中毒"中歪了",剩下的就只能呵呵了。

中毒了,不是好事,可它也未必是坏事。

又阴又冷的日子里,我患上了"拖延症"。

我这个《植物大战僵尸》"铁杆粉"便时常躲在被窝里,大战至月上中天才罢休,悻悻地放下耗尽了电量的手机后,还躺在床上继续琢磨"植物兵法"。多夜的辗转反侧不仅让我在"僵尸"面前所向披靡,还让我从中领悟了几条对付自己"拖延症"的小秘诀。

拖延症成为当今我们学校的一种"流行病",那种"知道要做却不想做,但最后又不得不做"的纠结心理深深地困扰着我们的身心。我们在日常生活中需要处理大大小小的事情,就如同游戏中的僵尸,它们虽然一步一挪,看似缓慢却步步紧逼,如果不在限定的时间内各个击破,最终等到僵尸占满屏幕的时候,就难逃被"吃掉脑子"的命运。就像妈妈逼着我写日记,我是能拖就拖,这就是典型的"拖延症"的症状。

　　说说我在游戏中总结的经验吧。这个游戏在开始阶段,玩家可以观察关卡的僵尸种类,然后针对其特征在植物中选择适宜的上场选手。日常工作、生活中,当众多事情扑面而来时,我们是不是也应该像打游戏一样静下心来看清楚问题、捋一捋思路,以便找到针对性的解决办法。其次,当一大波僵尸袭来时,我们是分散攻击全部的僵尸,还是集中火力对付即将侵入底线的僵尸呢?答案显而易见。或许我们需要处理的事情确实很多,但要分轻重缓急,在战略上需要先考虑急和重的任务,而不是眉毛胡子一把抓。将"主要矛盾"处理妥帖了,再依次解决之后的问题,才能做到有条不紊,这在一定程度上可以缓解焦虑感,而焦虑感正是拖延症的诱因。最后,游戏里的植物种下后,再次种植需要一个缓冲时间,而僵尸的出现也有一定的节奏设定,如果能好好利用时间差,必然能够掌握局势。这其实也暗示了一种"时间管理"的方法。现实生活亦是如此,拖延症往往折磨的就是那些不会管理自己时间的人,比如说我……

　　人生最痛苦的事就是:时间过去了,事情还没干完,因此要善于利用碎片时间。其实我们每天有很多时间都白白流失掉了,例如坐车、排队时,可用来看书、听英语,如果能有意识地把时间碎片挑拣出来,有计划地利用它们,相信拖延症不难战胜。好吧,我努力将中毒症、拖延症等"病症"一一消灭掉。

　　这篇文章,同学们不要吐槽,大家一定记得最初写日记时,发现日记本被父母偷看时的愤怒吧。然后我们就学会了防守,那就是,专门写一本给家长看的日记。以上的文字就是,哈哈!

岁末年初

本周是大二第一学期的第16周了,也就是说,我们除了这周跟下周有课要上之外,其他时间就是考试了。大家为了尽快完成成品作业暂时放弃了笔试课的课程,而我的无敌电编组在继上周去阆中外拍完恐怖片之后呢,这周还要完成一个更为出色的片子,我们改编了一部国外的穿越电影,我们自己编的剧本,因为剧本要求穿越人物前后不同的风格,给我们的角色塑造制造了比较大的麻烦。不过也是希望这次电编能拿到高分,我们才这么拼的。因为片子里还要加上穿越特效以及一些高级处理,所以我报了第二专业,想精专一下剪辑方面的能力。

我们进校就开了摄像课,之后在摄像原有的基础上开始学非线性编辑和电视画面编辑。大二的电视画面编辑课就比较高级了,老师的要求也比去年更严格一些,所以我们完成作业时总会去征求老师的意见,明哥也很开心我们对期末作业这么上心。

第一次去暗访美容机构时,明哥很担心我们的安全问题,但是,我们机智的团队还是顺利完成了那次的暗访。

这一次我们已经很努力很努力了,编剧写好全部剧本之后,我们在三天时间里基本完成了80%的拍摄,还要赶在下周二之前全部拍完,这样才能有足够的时间来做后期,希望这次的努力会给我们带来好成绩。

大学以来已经上了三学期的电编课,这次的要求是最严的,大家付出的最多自然也就比较在乎结果。

检验成绩的这一天来了,明哥也跟之前不同,他一般都是最后一个进教室,这回却是第一个到,一打铃就点名,然后让大家把作业拷到电脑上。令人意外的是,第一部片子看完,明哥居然没有说一句话直接点开第二部看了。这不符合他一贯的作风哦,搞得大家一头雾水。明哥还说下周一的电编课会提问个人在小组里具体干了哪些工作,然后再根据片子的质量给出最终的成绩……我们班一共做了八部片子,全部看完之后明哥居然笑了。

根据我们的经验判断,八部片子没有水平太差的。

英语每周都是两讲课,口语考试男女生分开,下午先由男生考,出了五道题目:1.描述一件在你旅行中发生的最危险的事;2.对于城市中的环境问题,比如雾霾、尾气、水资源浪费等,你认为应该怎么解决;3.你最喜欢的犯罪类电影是哪部?为什么喜欢,给出理由;4.告诉我们一些你觉得幸运或者不幸运的经验;5.告诉我们一些你们家乡流行的迷信活动,你相信还是不相信,给出理由。

考试之前,每位同学从五道题里抽出一道在现场准备,然后抽签决定考试顺序。我当时比较害怕抽到2和4这两个题目,因为很多单词都不知道。不过比较幸运的是我抽到了第3题,个人感觉是比较好说的一条,考试顺序是第13个,正好有充分的时间来做准备。

考试的过程并没有想象中那么顺利,说完自己的内容之外,老师又提问了一些与考题相关的问题,比如,今年上映的电影你最喜欢哪一部,说出剧情跟原因……搞得我提心吊胆地完成了一系列的提问,真是不容易。

紧接着周二的专业课考试,之后就迎来了让我一辈子都忘不了的一节新闻课……这节课也是需要给老师交成片的,算我们的期末作业。结果,我们组五个人被制作后期的那位同学给坑了,他关键时刻掉链子。老师当场就对我们发了脾气。

我们四个商量着干脆咬咬牙重新做一期,无论如何不能挂科。给老师说明原因之后老师不仅表示理解和同情,甚至说不用重做了,结果那天我们四个脑子集体进水,坚决要求重新做,不争馒头争口气,我们不需要怜悯!一定要让老师和同学们看到我们组的实力。

形体课老师平时抓得比较严,大家通过考试一点问题都没有,化妆课、思维课、大学语文咱都应付得过去,就把干劲留给新闻课的作业了。四个人周末找场地、借机器、背台词、拍摄、剪辑、配音、字幕……忙到晕。

周一的电编课上,明哥拿着成绩单把每个人都点起来,依次问在自己的小组里担任什么工作,如果只是表演的话在电编课程中是没有成绩的……突然觉得我这个主角当得真是一点意义都没有,唉!老师把我叫起来之后,我回答说我在小组里担任的是策划,配音,主演(不算分),再说到后期跟字幕……最终我的电编成绩定格在了82分(系平均分74),之后大家都跟明哥照了几张相就散了。

英语课之后我们没有闲着,直接去了播持楼借录音间,因为周二就要交专业课的录音作业。虽然我们学校的录音间非常非常多,还是不够学生借。排队录完出来时天已经黑了。

新闻课上老师检查了我们重新做的成片,狠狠地赞扬了我们四人的作业,我们几个欢快地交流着眼神儿,终于放下了心里的一块大石头。

形体课先考手位操,重头戏是华尔兹。因为班里女生太多,我分到了两个舞伴,所以我必须考两次,取其中分数最高的一次算期末成绩。不过这次运气不太好,我抽到的顺序分别是11组和20组,一共就20组——其他人考完就可以走了,我却要一直等到结束,心酸。

化妆课金姐要求大家穿正装。男生给女生化妆女生给男生画,之后让金姐检查打分然后拍照。我化完妆后直接变小娘炮,同学们说的,可以反串了,哈哈。

思维考试分两节课来考,回课率最高的在第一组考试,考试需要搭档。类似于访谈的节目现场。一人为主持、一人是嘉宾,由老师来打最后的成绩。这门课对于我们播持的学生来说相当于即兴评述,所以也是轻松过关……

1月4日,考完最后一门。这学期就算彻底地解放了,立即买了6日回家的机票。

当天晚上就去了干妈家。干妈做好了饭等着我过去,我像饿狼一样几乎把饭都吃光了,只给妹妹留了一点点。干妈一直笑着看着我吃,真的好温馨。晚上看干爹在餐桌上剪片子,我问他这是什么片子,他告诉我是纪录片,我觉得挺有意思的,不过以前看过NBA纪录片,总觉得剪这种片子相当于在自杀。第二天妹妹去上课,干爹去上班,干妈在家里陪了我一天,我跟干妈说我想吃去年给我带回家的那种香肠,干妈就说给我做。悲惨的是我逗能说自己会弄,结果之后跟特儿的老妈视频把香肠忘了,锅也熬干了香肠也焦了,真的是难堪到极点。干妈大度地说反正是旧锅扔了就好了,我很过意不去,硬是将锅给刷干净了。

第三天吃完中饭之后奔去机场,跟泊宁、佳辉会和。结果,悲剧的一幕出现了——新疆大雾,飞机延误。当时我就被气笑了! 去年大雾延误两天,今年又开始坑我!!! 最最最让我受不了的就是这两次我"被"订了同一架航班——xx6942。去年是老爸给我订的票,今年是同学们帮我订的。我还能说什么呢,之后我们就被送到酒店了,我跟泊宁一间房,佳辉跟他两个小学妹一间房,反正闲着无聊我们就准备去找个网吧边玩边等。之后学校里的新疆小伙伴都被堵在机场走不了了,那家网吧的人也就越来越多。我原本以为晚上走不了了,跟泊宁买了一堆吃的,刚买回来就接到通知可以去机场过安检了。到登机口时已经是深夜2点了,我跟妈妈说别等我了先睡吧,妈妈说没事要等。当时我那个感动啊!飞机上一觉睡过去,5点半降落,打了个车直接飞奔回家,家里那盏灯温馨地亮着,妈妈在等我。

第二天姥姥姥爷从伊犁来了,我在学校吃外卖都快吃吐了,回家之后姥爷做的饭让我直接胖了好几斤。两周内把驾校的科三科四都顺利考过,这样暑假去伊犁的时候就可以跟妈妈换着开车了。

寒假中,妈妈同事的女儿说想学播持,我便去办公室给她试讲了一次,之后她每周都来上两三次课,她现在还是高一的学生,所以不太紧张,主要是还没有考虑好今后的专业方向,,两年之后相信她会考上自己心仪的大学。

回到校园

这个寒假真正是在我舍不得离家的情况下开学了。在机场候机时,班长就发了我们这学期的课程表,大概看了一下,如果把一周的课都安排在一起的话,周三下午就可以全部上完,可惜学校不会这样安排。不然的话上三天休四天,肯定特别爽。

这学期的专业课跟往常不太一样了。之前三个学期都是语音发声或是播音的基础练习,而这学期课表上的专业课是广播电视新闻播音,我一下就兴趣十足。专业课老师进了课堂,感觉好像在哪儿见过一样,突然想起来这位老师去年期末时监考过我们班的大学语文,也算是熟人了吧,整个上午的课都是比较愉快的。中午休息前,专业课老师峰哥告诉我们下午每个人都要上台说一段话,可以介绍自己或说一说寒假怎么过的,大概了解一下我们的专业水平。

下午,大家的热情都很高。轮到我时,峰哥说他今年差点来新疆招生组,无疑让我们之间的距离又拉近了一些。他对我的专业评价也相对比较高。下课之后我还专门留在教室,问了峰哥如果想做于嘉、杨毅那样的体育解说,大三需要走什么方向?注意些什么?

峰哥告诉我现阶段可以去试试章鱼app里的YY主播,专科班的学生很多都已经在那里面赚钱了,我一下觉得自己out了。

新闻写作课是多数同学最不喜欢上的一门课!峰哥说这门课跟专业挂钩,没办法不能翘课就去听了,没想到,课程的精彩程度超出了我的预料,老师让我们看了《芈月传》第一集,请同学们客串当时任何一个诸侯国的记者来写一篇新闻或关于芈月出生的新闻。刘老师以前在台湾教过学,手法就是不一样,无聊的理论课也可以变得如此有趣,我喜欢上这堂课了。

英语,大学音乐,艺术概要与欣赏,三门课中英语老师已经带了我们一年了,音乐老师是个兰州人,唱歌那是真好听。

纪录片创作是一节大课,资深老教授讲课真心听不太清楚,教室里瞬间又睡倒一片。对于纪录片,我还是非常感兴趣的,但我还是跟他们一起睡了……

众所周知我是个资深的NBA球迷,每年6月在总冠军出炉之后都会出一期某某年某某队冠军纪录片……对我来说,优秀的纪录片魅力无穷,不是任何一个团队都能拍摄好的。不仅是技术和设备的问题,更有拍摄者的思想、学识、境界所决定的角度,活儿漂亮了,除了震撼还是震撼。

我知道一部大型纪录片成片做出来少则半年多则5年10

年的都有,要想学好绝对不容易。不过现在的我还是可以忍住对老师的好恶,认真对待一门功课,只是为了热爱!哎,我都佩服自己了……

思维课还是姗姗姐带我们,但是要求变了,一个小组的人谁没来上课大家会一起被扣分,搞连坐了都。还有就是上学期要求每位同学上台独立演讲,通过的才有资格参加期末考试。这学期变成了脱口秀,也是上台通过了才有资格参加期末考试。

形体课不允许戴帽子上课,问题是我的发际线如今高得吓人,我专门跑去问了安哥我能不能剃光头,让头发重新长一下。安哥知道我头发的事情之后也笑了,我还从没见过他对学生这么慈祥过呢,哈哈。安哥的建议是不要剃光头,去发廊找个发型师确定头型量身设计一个发型,毕竟以后还要上镜。

很多同学都发现,我这学期像个三好学生了,原因有三:一是安哥在开学第一天就对我们发威说,你们现在大了,不应该逃课而是该主动去听别的班的课了,我带你们也是最后一学期,别给我跟你自己找不痛快;第二个原因是我还单身,大把的时间当然用来学习了;第三也是最重要的一点,我找到了自己的目标,现在就朝着这个方向在努力。

经过了一周的学习之后,慢慢适应了从放假到开学这样一个残酷的转变。尤其是周一早晨的专业课,让我们的负荷有点过大。但峰哥人很好,是我在大学遇到的最好的专业老师之一。峰哥曾是厦门电视台的主播,去年才来我们学校任教。一位主播对于学生的要求就是今后上镜的状态。他当然对我们现在的懒散样子极其不满意,这周开始,我们通过其他班知道了全年级只有我们18班上全天专业课,不过我倒是没像其他人那样抱怨,虽然有点累但峰哥不是更累吗。退一步说,一个你喜欢的老师每周多给自己上4小时的课,赚了耶,应该感到高兴才对。而且峰哥还给我推荐了章鱼TV,我本周就可以正式直播了。为此我还压缩了好久的饭钱,因为非签约主播前期需要自费。不过我还是为能有这么一次机会感到开心。

接下来的好消息是——谢老通知新疆招生组的同学们周五晚上去犀浦大龙燚火锅咪西,之后到星座KTV嗨歌。

周三下午没课,我就去听了5班的思维课。可嘉老师也是我比较喜欢的老师类型,虽然上课内容很奇葩,比如男生怎么泡妞啊,女生怎么打胎啊……聊成这样还会引申到上课的正题,真牛掰唉。他的课在学校是出了名的,应该没学生翘他的课,再别说我这种慕名而来主动听课的。接到谢老通知时,我正在嘉哥这里上课,一下就不淡定了,想着周五一天就不用吃饭了,哈哈哈。

好不容易挨到了周五晚上,说好跟老顾考完试一起走的,老顾说他脸上注射了果酸,结果脸伤了就不出门了。

谢老包了最大的包厢,我们进去的时候有两桌已经坐满了,有一桌空桌,谢老旁边还有几位老师,除了经常跟我们打篮球的金老师外有几个老师不是很熟悉。不过学生迟到了肯定是要去跟老师打招呼的,所谓打招呼那就是拿酒轮流敬老师,敬酒的时候当然得说老师您随意我干了。

大龙燚火锅也是名不虚传,那两桌没吃够还跑过来吃我们这桌的锅。之后到了KTV,常规套路。

周六,我起了个大早准备直播的相关事宜,11点半准时开始,坐等下周的结果。晚上嘉元来找我,说是办休学了过几天就回去找工作了,半途而废的大学,唉,真有点心痛,不过人各有志,不能强求,祝他一帆风顺吧。

还有诗和远方吗

这个三月过得相当地不顺心,也难怪大家都觉得我不对劲。早在艺考的时候,写自我介绍时,就说过体育解说员是我目前最大的理想。从小我就喜欢打篮球,刚上大学时有点迷茫,自己的想法都被一些乱七八糟的事情盖过了,导致第一年除了专业课最好之外其他课都做不到最好。

今年放假,我看了多伦多的全明星赛,原本感觉解说挺水的,结果看到现场报道的时候,主持人直接用英语采访球员,帅爆了。那一刻,我明白了,想要干解说只有专业好是不够的。所以今年一开学我就问峰哥,该怎么规划未来,峰哥介绍我试试章鱼直播。

把生活费、饭钱都押上,我的直播在上周出了一期。我选的素材是骑士客场对湖人的比赛,前期做了大量功课,看点剧情泪点高潮全都想到照顾到……而且常常玩篮球游戏的我感觉在这方面能有不错的发挥……

然而,之后的之后,就是失败。一周两场直播,我的直播间里人数最多时只有78人,更别提送鲜花打赏啥的了。两场直播下来我赔得血本无归。祸不单行,又不小心把手机给摔坏了,日子过得那叫一个惨。我想不通,我真的努力了,为什么会是这样一个结果?为什么那些不用大脑靠脱件衣服扭个屁股的"美女主播"能日进斗金?而我,点灯熬油、费尽心思,简直把直播当作了一场重要的仪式,得到的,就是现在连吃饭都成了问题。

这段万念俱灰的日子,让我变成了一个愤青。

晚上招生组的同学来电话,说老师在他家里请我们吃饭。

有时候心情不好就不太喜欢凑热闹。

负能量真的就像黑洞,会把周围的好情绪全部吸光。有人会说,我心情不好,我都不能表露出来吗?是啊,因为你表露出来,就是一种情绪污染啊,会让大家不好意思开心啊。

我知道没什么是我过不去的坎儿,我会及时调整好自己的状态。直播的事过去了今后不会再提,翻篇之后我会继续向前看。

这样一直给自己打气,不多久就感觉满血复活了,原来我还是有自我治愈能力的。通过这次挫败,杀了自己的傲气。面对现实,重要的是这件事让我觉得虚荣心没有了,不那么在乎别人的看法了,但还是觉得很丢脸。这段时间,喝不到鸡汤就读了一些鸡汤励志文,心灵鸡汤有时也很有用——对呀,我们走出阴影的方法,没那么复杂,无非就是多走几步。

以前总以为,一个人能走多远,靠的是智商、知识结构、表达能力、交际能力,然而现实中,真正能走得很远的,往往是自我修复能力强的人。

真的感谢书本和酒精双管齐下的治疗,我,自愈了。

乐乐,生日快乐

乐乐,我19岁来到咱大四川拍片学院,除了班里的一个女同乡之外你是我认识的第一个女生,还记得我们真正相识是在学校的台球厅里,当时跟胤峰约好了solo台球输了请吃饭,然后他就把你带来了,当时我看这妹子第一眼的感觉就是:这么瘦的男生找了个这么丰满的女生,哈哈哈,心里想的没有说出来噢。今后看见了也不要打我。我还问你说美女你是我们班的吗?你特别抓狂地跟我说我都认识你你居然不认识我。那一刻尴尬极了,你对我的第一印象我觉得完了,那天胤峰输了,之后便溜了。

你看着我霸气地说,你请我吃饭！那时候刚来学校也不知道什么好吃就去吃了烧烤,调料的时候才真正领教了山西妹子到底有多能吃醋……再然后熟人越来越多,咱也对学校周围比较熟悉了,发现了米兰,认识了骁哥,就顺其自然每天去骁哥那里捧场。

咱俩关系的升华是因为你那次喝多了,枫哥媳妇也喝多了,你俩都说不回去了。好吧,那我送你们去酒店。费了九牛二虎的力气把你拉拽到3楼,你哗地一下吐了我一身,快把我给气疯了……行吧,从此,我们就是酒精考验的小伙伴了,哈哈。

总而言之,谢谢你,每次跟你开玩笑时,你都不会耍小性子生气,有男票的时候也不嫌弃我这个单身狗依然跟我一起吃饭一起耍。身边有你、枫哥两口子跟天立,让我知道我并不孤单。

王小波说:"一辈子很长,要和有趣的人在一起。"一年这么短,更要和有趣的人在一起。

认识你以前,我不相信世上有纯洁的男女朋友关系,遇到你之后我信了,有人说:"朋友分三种,一辈子的,一杯子的,一被子的。"我愿意做你一辈子的朋友。我的哥们儿,奔二生日快乐！！！每年你的生日我都是迟到早退,实在对不住了。但是,我是把你,把你们一直记在心里的。

乐乐,生日快乐！祝愿你的运气永远配得上你的乐观。么么哒！

致Kobe Bean Bryant

4月14日,这一天就这样来了。湖人主场迎战爵士,这是科比的谢幕战,我这个从2007年开始看NBA的球迷,正好赶上了科比第二个巅峰期,追星追了9年,如今到了该结束的时候了。腾讯从凌晨4点开始直播科比最后的这场比赛,一直到中午1点退役仪式结束。

每一个热爱篮球的少年,谁不曾幻想像科比一样,用那完美的后仰姿势投进艳光四射的一个球?

从西科东艾北卡南麦,科比始终是不可逾越的标志。我庆幸自己遇见了科比。

"我的心脏还可以受到冲击,我的精神还可以接受折磨,但我的身体很诚实,是时候说再见了。"说不出的再见,道不清的遇见。你承载了我多少的记忆……

太多太多的回忆了。

作为科粉,我希望他能给全世界一个优美的谢幕。

看1996年集锦,那时的科比只是一个替补的菜鸟。一个敢于挑战乔丹的低顺位菜鸟!

经过一年的锻炼学习,也因为湖人该赛季大面积的伤病,主教练银狐哈里斯增长了科比的上场时间。科比不负信任,初现飞人风采。之后,科比在外线如鱼得水,随队连夺三冠创造湖人王朝。尤其是2000—2001年赛季,湖人在季后赛以摧枯拉朽之势连续横扫开拓者、国王和马刺进入总决赛,随后又以4:1的总比分战胜76人队蝉联总冠军。

再然后,就是他的黄金时代了。2003年夏天,湖人连续拿下"铁肘"卡尔·马龙以及"手套"加里·佩顿,组成史上最豪华阵容,以西部第二杀入季后赛,首轮4:1轻松击败了青涩的火箭和同样青涩的姚明。第二轮与圣城铁骑鏖战六场,通过费舍尔神奇的0.4秒力保湖人晋级,西部决赛兵不血刃击败了加内特领衔的森林狼队,昂首挺进总决赛。

湖人能否四连冠成为当时最大的热门话题。可是赛季伊始,鲨鱼的伤病导致湖人最终只以西部第五的成绩杀入季后赛,并在半决赛被马刺淘汰出局,四连冠梦想破灭。

而科比的冠军梦依旧在飞翔。单场81分,三节62分,连续4场50+,季后赛双绝杀!以西部第七的屌丝身份差点逆袭当时超强的太阳。我个人认为2006—2007年赛季的常规赛MVP应该是科比而非纳什的,而2007—2008年则是保罗的,凭"50胜"潜规则拿MVP真的不公平。

2008—2009年赛季,湖人开局就展现了对冠军极其饥渴的状态,以13胜1负的骄人战绩傲视群雄,并创7年来最佳开局。

虽然在2009年2月4日湖人客场对战灰熊的比赛中拜纳姆膝盖受伤无缘剩余赛程,但这完全不影响湖人拿下65胜17负的西部第一战绩。但科比在常规赛MVP评选中屈居第二,不敌拿下领衔66胜16负的克利夫兰骑士队的詹姆斯。

季后赛开打,湖人首轮4:1轻松碾压犹他爵士;半决赛遇到了姚明领军的休斯顿火箭,姚明在系列赛中受伤但依然顽强地与湖人拼到了第7场才出局,让人肃然起敬。

西部决赛,湖人碰到了24年来第一次进入西部决赛的丹佛掘金队,更多的球迷都在讨论有了导师的甜瓜也许会击败科比,但结果依然是科比的湖人笑到了最后,以4:2的总比分连续两年晋级总决赛,而湖人总决赛的对手则是淘汰了76人、凯尔特人以及常规赛第一骑士的奥兰多魔术。总决赛中魔术大将霍华德在内线翻江倒海,第4场凭借费舍尔的绝命三分帮助湖人大比分3:1领先。

直到这时候摄像机都捕捉不到科比的一丝笑容,而第5场结束的那一刻,科比笑了,笑得像个孩子,他终于证明了没有奥尼尔自己一样可以夺冠,终于拿到了自己的第一座MVP奖杯,真正坐在了联盟第一人的位置上。

那些年,身披八号球衣的科比如超人一般,飞天遁地,能在任何人头顶把球扣进篮筐,跑动腾挪的切入速度如一匹傲人的黑马,潇洒大气的投篮姿势,令人目眩的腾空高度,一波三折的落地曲线……那么优美流畅,让人享受极了。他持球时,如西楚霸王、如赵子龙,横无际涯,给人一种天下事无可不为的逆天幻觉。这个叫科比·布莱恩特的大个子顶着爆炸头就这样风驰电掣地冲进我心中。

2009—2010年赛季,湖人以卫冕的势头再度冲冠,赛季中科比右手食指骨折但仍然不下火线,单赛季6次绝杀对手,力保湖人以57胜25负的战绩再度排名西部第一;季后赛跨过雷霆,爵士,太阳,连续第三年进入总决赛,而东部这边的对手,是凯尔特人……这是一个老剧本,NBA历史上两队在总决赛一共交手12次,凯尔特人赢9次,湖人只有3次。当时大部分的媒体都认为凯尔特人会再度血虐湖人。而科比不但想要冠军,复仇凯尔特人的信念他不曾有一天忘记。

总决赛5场过后,湖人2:3落后,媒体一边倒,说湖人已死,即使最后两场他们拥有主场优势。湖人不信邪,当年的我也不信邪,硬是在离中考没几天的情况下看完了6、7两场比赛——那时的科比就站在群山之巅,最销魂是那一转身的后仰步……科比率领湖人成功复仇凯尔特人,7场血战湖人笑到了最后。

我是他每一场比赛的忠实粉。

后来,湖人逐渐下跌,但科比依然还在巅峰,真正令科比梦想幻灭的是2013年4月13日和勇士那场该死的比赛,科比从左翼突破,不慎摔倒,跟腱断裂。虽然后来手术成功,重返赛场,但状态已掉出精英行列。

赛季末湖人再为季后赛的席位拼搏,湖人对阵勇士的比赛科比连续受伤三次最终离场,右腿跟腱断裂,右膝韧带疑撕裂,两处伤的任何一个都足够让科比休息一年甚至退役。

科比伤愈复出只打了6场比赛。

2015年11月30日,科比宣布赛季结束后退役。

今天,放下了一切,跟着腾讯,送我的老情人最后一程。

科比谢幕战的最后几分钟,完全是在靠意志力在打球,而不是体力。可他还是一直坚持着,可以看出他对球场真的很不舍,很不舍。谁都知道他想要赢。

整场比赛我都非常平静,我知道他老了,也接受他败走麦城的那一刻。比赛剩2分钟时,湖人还落后10分。我甚至都预想到了他黯然离去的背影。看着他咬着牙,不停地喘气时,我无比心酸。

比赛最后的时刻,科比露出了杀手的表情,冷血、专注、无视一切。上篮、罚球、中投、后场篮板,一口气追到4分,然后就是那不讲理的后仰三分球。

分差瞬间就只剩下1分了。

科比在接近logo处拿球,兰德尔上来挡,科比毅然起跳,面对对方一堵墙般的大汉出手了。

球划出一道很长的弧线,落筐,漂亮极了。

谁也想不到是这样的好莱坞式的结尾,全场山呼海啸。

终场前30秒的准绝杀,只有十年以上的球迷知道那是一种什么感受。

逆天改命,扭转乾坤!这是一个老将对即将离开的赛场,对自己的职业生涯最高的礼赞。

他这一辈子干的事情就是得分和绝杀,最后一场球他全做到了。一场比赛,几乎将他的职业生涯都浓缩其中。

英雄迟暮也还是英雄,完美的最后一战。

一个斗士的职业生涯曲终人散,可那些豪情与怅惘还在心底交错回落,恍如序幕才刚刚开启。我看着他就像看着陪我走过整个青春的联盟。我看着和他拥抱的奥尼尔,我看着他顶替乔丹,我看着他的一个个宿敌,我看着西装革履的他跟命中准绝杀的老司机击掌……

20年紫金战袍的赛场生涯,让世人见证了时代的更迭。那是碌碌的俗世中人百转千回的英雄梦。感觉生命中也因此掀起了飓风。赛场的魅力就是这样的纯粹,它会在某一时刻让人天荒地老、渺然绝尘。

科比·布莱恩特,这个承载传奇的名字,留下了81分屠龙的旷世传奇,33643分的历史第三得分纪录。

我始终相信,无论过去多少年,科比的名字依然会凝结成一个符号。

感谢你,我的老情人,临走送给我这么一场球,一瞬间,我的泪水在眼眶中打转。从明天起再也没有一个可以让我这么疯狂的人了。

今后,我还会一直一直地看NBA,但不会像追科比那样去不顾一切地追一个球星了……即使现在库里红到不行不行的,但科比只有一个,我的青春也只有一次……

被骗三万块,一生的教训

刘少羽,这个名字我想我一辈子都不会忘记了。提到他,我恨不得多长几根中指,他把我提前带到了一个操蛋的社会,他让我再也不可能毫无保留地信任和帮助一个人了。他让我知道,当你毫无保留地信任一个人,最终只会有一种结果,就是生命中的一堂课。

我发誓,绝不原谅他,就算他以后天天扶老奶奶过马路我都不会原谅他。

刘少羽是我们学校一个专科班的学生,在学校外面的酒吧街盘了一个店,我空闲时常去那里帮忙挣点零花钱,慢慢熟络起来。感觉他为人比较仗义,所以我拿他当好朋友。

我把家里的一切都跟他聊过。他看起来是个老板,但我觉得他很不容易,一天出出进进各种款项,生意不好时他就跟我叹气。他跟我深谈过一次,把酒吧的经营情况给我算了一笔账,并给我描绘了一张发财致富的宏伟蓝图。他一再强调,只要十万块,他就把这个店盘给我。

被鸡血点燃的我立刻跟妈妈商量,求她给我凑上10万块盘下这个酒吧,等挣了大钱连本带利还给她。但是,一张口就被老妈断然拒绝,还甩出一个冠冕堂皇的理由——把书读好!气得我跟干妈好一顿抱怨。

这事过去没几个月,刘少羽进货时开始跟我借钱了,第一次借了1000块,没几天就还上了;第二次借了2000块,也是没几天就还上了;第三次还是2000块,当然也很快还上了。看他周转得这么艰难,我庆幸没把店盘下来,不然操着这些心,哪还顾得上学业呢。

那是个周六的早晨,我起了个大早,准备和大家伙儿去趟三道堰,找找拍纪录片的场地,心中有数,开始拍的时候就不用为前期的取景发愁了。正准备租车时,刘少羽给我打了个电话,说有紧急的事跟我说,让我去趟他的店里。朋友有事,我自然义不容辞,撂下其他事就直接过去了。

一进门,店里那气氛叫一个悲戚。漆黑一片,一探头,突然一条金毛冲出来狂吠,把我吓坏了,之后刘少羽从一扇门里伸出头来摆摆手让我进去。摸黑进去之后他开了盏小灯,坐下垂着头对我说:"子璇,我记得你把户口迁到学校来了,能不能帮我一个忙?"

我愣愣地看着他。

他继续说:"以前你来找我玩的时候我这个店里有个合伙人,现在他不干了还给我欠下好多账,我得把这家店维持下去,不然的话就完蛋了,所以我想你能不能帮我去贷个款,你放心,下个星期我肯定就会连本带利地全部给你,不会让你有任何损失,而且我也会写欠条按手印,再说了,就借5000元,我的店也在这里保证人跑不掉!"

我听他说要拿我的身份证去贷款的时候真是准备拒绝的,但是他那乞求的眼神让我一下子心软了。我想了想刘少羽这个人平时跟我借钱还得都非常快,这次借5000,不至于骗人,我相信他拿得出来。之后他就带我去了学校附近的一家小额贷款公司。这家公司不是直接贷款现金,而是通过买一些高档电子商品的方式来套现,比如说苹果单反或者卡西欧之类的东西。既然他说需要五千那应该就是一个6s的事情。我在那里跟他一起填各种表折腾了一个下午,眼看到了晚饭时间还没有弄好,朋友还叫着一起去吃饭,就让他在那儿盯着,我吃完饭就过来。没想到一顿饭的工夫,他居然又加了5000元,给我贷了10000元。当时我就急了,说什么都不弄了,让他把之前的所有资料都统统退了。他一听眼泪都快掉下来了,紧着求我:"子璇,咱们是哥们,现在欠条、手印什么的都齐全了,你就帮我这一次吧。"

我咬咬牙想,多出5000元,但帮他过了这个坎儿大家都好了,不然怎么显出危难之中的兄弟情谊呢。只好叹气说:"你这事做得不地道,这次为了朋友就算了,下不为例。"就这样一直捣鼓到晚上9点多才算全部办妥。

没过几天,刘少羽的电话又来了,说是找我有事儿。我想这人真不错,这才两天就准备给我还钱了。便开心地告诉他我在宿舍让他直接过来找我。结果他到了之后硬是不进宿舍而是把我叫到了外面的过道里。

他带着十二分的可怜和一副无奈的表情对我说:"子璇,你手机里有没有爱学贷,能不能再借我3000元?我现在就差3000了,过几天一定全部都还你。"

我一听就来火了:"你这样就没意思了,我又不是个大款,要是真有这么多钱,借给你也无所谓,这是你找我贷款唉,上次说好5000元你私自给我弄成10000元,现在又来找我借,我帮不了你。"

之后他在我这里磨了将近一个多小时,换了我真拉不下这个脸。我坚持说决不再借一分钱出去。后来他女朋友来了,拿着她帮刘少羽担保的四份贷款给我看,也是各种哀求,说酒吧不会跑、人也跑不了,这次真的是最后一次……两个人一唱一和,各种保证,我看着刘少羽的女朋友,真是梨花带雨,楚楚可怜。想想她好歹是新疆人,老乡不帮忙还叫老乡吗?脑袋一热又答应了。

这次他带我去了校园里的一家公司。因为爱学贷是可以直接在手机上注册,然后根据本人平时的信誉度来定贷款额度有多少。这次办得倒是非常快,因为这家公司的老板是个大四的学长我也认识,所以就先办了我的。刘少羽一看我软件上有7000元的额度,就在旁边一个劲儿劝我说能不能都借给他,并迅速地写了7000元的欠条给我。我当时觉得这家伙实在太过分了,就说:"你刚才说就差3000元,现在我多一分都不贷。赶快重新写欠条,不然这钱不帮你借了。"老板学长也在旁边为我说话,他这才不甘心地拿走了3000元。

回到宿舍就觉得心里特别不爽。但想想下个月四号放暑假之前他就会还钱，欠条上就写着这天还款，况且，他把身份证都押给我了，问题应该不大，便一心扑在纪录片的拍摄上了。

万万没有想到，还钱的日子到了，刘少羽却不见了。

周二老乡佳露给我打电话让我陪她出去吃饭，我正好闲着就答应了。吃饭时忍不住把我和刘少羽的事儿跟她说了，结果她没听完，就直接把手机的聊天记录甩给我看，我一看血都涌上头顶了，老天，刘少羽跟她借了30000多元，还居然是在答应给我还款的日子借的。我们起身回学校一打听，刘少羽还问俊儿借过钱，但俊儿一个子儿都没掏，我心想还是俊丫头聪明，而且她跟刘少羽不怎么熟，刘少羽居然都好意思开这个口……

此时，我已经预感到事情不妙了。然后就是让我血喷的事了——他还找了胡杨的室友东东借过1000元。我赶紧跑去他的酒吧，想着如果他在的话把这事儿说清楚，结果酒吧锁着，打听之后才知道酒吧已经三天没开了，这几天都是来找他要账的人……

我们被骗的小伙伴们把这事报告了学校，在朋友圈强大的关系网中终于找到了刘少羽的女朋友，然后找到了他。之后听到答复说周四刘少羽的父亲会来解决这件事。我们几个倒霉蛋松了口气，想他爸爸来了一定能解决所有的问题。

周四，我，佳露，胡杨，东东一起到了酒吧。刘少羽来了以后又说，明天就可以把酒吧卖出去让我们再等等，反正他现在一分钱没有。我们只好等。这次我们在他酒吧附近找了个网吧包了一宿，第二天早晨我先去形体考试，他们几个在网吧小睡了一会儿继续盯着。等我考完后大家一起吃了早饭就直接在他的店里等刘少羽的爸爸来。刘少羽此时已是一副无赖相了。说实话我长这么大，没见过像他这么厚颜无耻的缺德人。

后来知道我这事儿的同学都骂我,说我居然把钱借给河南人!说实话我并没有任何地域歧视,而且我的室友和班长都是河南人,他们人很好,我们相处的也很好。每个地方都有好人也都有人渣。

等到下午,刘少羽的爹出现了,更是一个老无赖,真正是上梁不正下梁歪。他说自己一个农民,根本没办法还这些欠债。况且他儿子早过了18岁了,自己的事自己担着去。我们终于知道了有其父必有其子这句话的含义,尤其是听到他爸爸说:"你们当初为什么要借给他钱"的时候,大伙儿都怒了,这明摆着就是死猪不怕开水烫的架势,在这跟我们要赖么,亏他还是个长辈。佳露拍着桌子说:"我们借钱时就是把你儿子当个人了"。说实话妹子站起来快1米85的身高确实有震慑力。我们拽着两个无赖先去院长办公室,不过如我们所料放假了,院长不在。然后我们就直奔派出所,跟派出所里的民警说清楚情况之后,没一会儿他们俩居然被放出来了,派出所的民警调解的结果是——刘少羽父亲给我们每人先拿出三个月的贷款利息,剩下的等到开学后再还,我们几个小伙伴面面相觑。除此之外,我们真的没什么办法了。

忐忑不安地熬过了暑假,没敢把这件事告诉老妈。接下来我整整一个学期都在省各种开支,月月都在还钱,即使这样,13000元的贷款在一个学期后就成了30000元,我给同学们送过外卖、在酒吧打工,各种赚钱,方便面成箱吃,却连贷款的利息都还得艰难,还到还剩两万元时,身体吃不消了,最后导致了胃出血。

实在没有办法,我硬着头皮把被骗的事告诉了妈妈。老妈详细问清原委,知道我如今连本带利还欠20000元时,她立刻飞来了成都。那天,干妈跟老妈一道来了。因为周三干妈的车限号,所以她们是坐地铁来的,到了犀浦果然被黑车司机骗了,来我们学校要了她们40元。我们学校太偏了,没办法。早知道就应该跟她们说一声的。到了之后老妈先是跟我们一起吃了一顿饭,让妈妈感受一下我们吃了三年的校外地沟油餐厅,这样她也许会因为心疼而放我一马,结果老妈还说味道挺不错的。吃完饭之后,我带着两位母亲大人来到了被骗钱的那家校外贷款公司。进了门,那里的工作人员第一句话就问我,那个人给你还钱了吗?老妈和干妈都很气愤,想跟对方理论,结果人家找出我当年签的一沓子东西,理直气壮地问我:"我们当时是不是给你说清楚了,你这样贷款,别人还不上钱就全由你来还了?"我无语地点头。

估计老妈心里念了一百个"忍"字吧,反正那眼神像小刀一样,最后老妈掏了20000元终于把所有贷款的事情都摆平了。干妈一个劲儿劝老妈说,男孩子都是要面子的,这事儿他知道教训了,以后就算翻篇了,都不提了。

老妈于是强压怒火彬彬有礼地去见了我的新班主任球球。

我小心翼翼地跟在老妈身后,心想,这以后要是我有这么个儿子,看我不整一顿宽带面抽死他!

之后两天我就陪着老妈在成都市区里转,因为老妈在成都还有很多朋友,我们基本一直都处在被接待的状态。周六那天老妈的朋友说要带我们去温江玩,因为要回学校,就跟老妈提前一天告别。老妈同一位作家叔叔去他温江的别墅参观,貌似喜欢上了成都。

这起校园贷最终的结局就是这样,所有义气的傻瓜最后都是由父母亲来收拾烂摊子。其中受伤最深、损失最大的还不是我这个白痴,而是刘少羽的女朋友——她被骗50000元,并为他四处奔走借钱,为他打理酒吧,自己家庭那么困难的情况下,还敢巨额贷款,回报她的是男友的不告而别,彻底消失。也只有她,没敢把这事告诉家人。不知道她后来的日子是怎么过的。这种人神共愤的事,说心里话,正常人干不出来。

从小妈妈就教育我,男人就该有男人的范儿,撑得起天地,扛得起责任,即使平时花言巧语但是危急时刻一定能让人信赖,说出的承诺就是千金不换。

不过这次被骗事件后,大家反思了一下,上当受骗的几乎都是我大新疆的兄弟姐妹,唉,智商完全都不在线,无语得很!

佳露美女贷的30000元,最后连本带息滚到了50000多。从那儿以后,她连100块钱都不给别人借了,这一次就伤透了心。

这件事,我总结了三个教训,但愿学弟学妹们能引以为戒。第一,不做超出自己能力的事情。抹不开面子借钱给别人,可以,几十元、三五百的,以自己拿得出手的为限。第二,大事跟家长商量,即使出了天大的事,第一时间告诉父母,越瞒,雪球越大。如果借钱之前告诉家长;如果学校找来刘少羽和他爸时,我们中的任何一个人把这件事告诉了自己的父母,他们也不会那么轻易跑掉。第三,永远记住,不为任何人做抵押、贷款,你的信誉、你的任何事永远是和家人息息相关的。

这就是我30000元钱买来的教训!

播持生的生活

周五外出拍作业,遇到最糟的事是外拍租自行车为了省钱遇人渣了。我们租了价格相对低一些的自行车,结果一上路就掉链子,回去找老板退钱,老板直接把他的精神病证拍出来威胁我们,好嘛,碰上垃圾人了。之后又换了一家租车的地方,虽然稍微贵了点不过态度还有车子都比先前上了不止一个档次。

　　这次的外拍跟我们大一时老师带我们去的是同一个地方，也在三道堰。枫哥用周末时间剪片，周一上完课说请我吃饭，正好没钱了就开心地跟着他一起去了，顺带还剪了头发，发现我的发际线高得有点离谱，默默地难受三分钟。

　　受邀在枫哥家里住了一天，他家里有XBox（喜欢玩游戏的应该知道），还有一条超懂事的狗狗，感觉还是蛮好的，至少比在宿舍要温馨许多，让我都有了大三弄个出租房来住的冲动。

　　愚人节晚上，躺在床上睡不着，看见一个软件是测试你的单身时间还有多久，手贱玩了一下，为什么别人的都是几个月啊几天之类的，最low的也不过是一句：在跟异性说话之后。而我的是：80年11个月29天……直接把我的小心脏给弄碎了。

　　周六回了干妈家里，干妈带着妹妹去北京看她将要去学习的画室，半夜才回来，干爹给我做的饭，居然也超级好吃，我对他说每次回家都是来改善伙食的，虽然在家里有一点点无聊，不过看干爹工作也是获益匪浅的。

　　回校和胡杨约着出去吃晚饭，杨哥说想淋淋雨，就陪着他一路往学校走，走到后面鞋都湿了。这货居然说要淋就淋痛快点，硬把我拉到星光湖去淋雨。结果让我大跌眼镜，雨地里都是一对一对的情侣呀，貌似享受地坐在那里淋雨……恋爱真的好烧脑啊，我真没觉着浪漫，新疆人讲话，勺掉了。

　　胡杨真行，一直淋到我内裤都快湿透了才肯回寝室。第二天早晨我不是自然醒而是胃疼痛醒的。以前偶尔也会这样，就是平时吃饭不规律导致的，然后一翻身想忍忍就过去了，没想到疼得我冲到厕所一顿狂吐，吐完了之后一看吓我一跳，全是血。然而，苦逼的是月底了，大家都懂，而且学校的医务室根本什么鸟用都没有,就知道叫辆救护车把你送进市里的医院,还不带送你回来的,去也要交路费,比正常120元还高。忍到下午还是不行,什么都吃不下还一直吐血,班长就给安哥打电话说明了情况。安哥的意思还是让我先去医务室看看。结果去了连药都没给我开,还怪我去得太晚影响人家下班了。这时候我已经疼得没力气再生气了,就给干妈打了电话。

第二天一早干爹送我到了三医院,中午等化验结果时,干爹带我去吃饭,我依然吃不下中间还吐了好几次。检查结果是骨头(谁知是鸡骨头还是鸭骨头)划伤了胃内壁。干妈让我回家里歇着,天天炖汤给我养胃,我真是幸运,还好成都有个干妈,让我觉得苦逼的时候真的有个家可以歇歇,可以依靠。

回学校之后乖了好多,早晨没课我也老老实实去吃早饭,一日三餐再也不敢耽误了。其实我就是典型的好了伤疤忘了疼。好比我现在刚刚通宵回来,并告诉自己熬夜真难受,下次再也不这样了。而且自己还特别清楚地知道自己这是在放屁,就像总是给老妈保证说以后再也不吃泡面不喝饮料是一个道理。

学校端午节没放假,给我们加到五一假期了,这么长的假期当然要回家了。

老妈开车来机场接我,女司机的水平我就不吐槽了,问我想吃啥,还用说吗?妥妥的拌面呀。老妈带着我直奔塔城办事处,不巧的是,这里只有中午有拌面,下午不做,多亏了塔办的欢欢姐,一个电话就让我吃了顿香喷喷的拌面。隆重安利一下塔办的拌面,那简直就是游子们的美味佳肴,拿满汉全席(当然,咱没吃过)都不换。

在家好好吃饭喝水,乖乖修养了几天。之后就去农业大学新疆大学新疆艺术学院到处乱逛蹭课听。新艺学生拍作业我比较感兴趣,他们的播持学生出去拍新闻采访作业是自己写策划,带着摄影系的学生出去拍,只要本人跟被采访对象出境即可,拍到的素材一般都是交给编导系的同学去做后期。我就联想到我们学校,什么都要亲力亲为,骚。

这学期我们还加了纪录片。主要学的是人物纪录片,讲述一个人背后的故事……所以跟着新艺同学出去外拍的时候觉得很有兴趣,所谓三人行,必有我师。跟同行一起总能学到一些新知识。

假期这样的好日子转瞬即逝。期末考试老师要求三个人一小组不能再多,这样就能保证每个人在交作业之前都累得半死,不会发生组员苦乐不均,个别人在组里什么都不干的情况。

我跟小组的一个妹子带着她男朋友的机器去市里。拍摄对象是她的一个老乡,在北京某大学毕业后跟着同学一起跑来四川卖烤串。店主哥哥非常热情,主动请我们去他们的后厨参观。他们有十几个人,工作如此透明简直超出了我的想象,所有穿串的哥哥姐姐都是带着透明的塑料手套,而且穿串的功底让我这个新疆长大吃惯羊肉串的人都自愧不如。

我们把机器架在一个合适拍摄又不大引起员工注意的地方,就过去跟他们一起穿串。因为大家不太习惯我们拿着相机对着他们拍,所以我只能边跟他们一起干活聊天一边让组员悄悄地拍摄,至少不会让大家很不自然,那样镜头里的人物就太假了。

店主哥哥摆完摊之后就先烤给我们吃了。吃饱喝足之后我们开始取景拍大景。路过九眼桥的时候刚好遇到日落,大美。此时,天已经黑了,火锅、毛豆、龙虾、串串,各种香味混杂在空气中,到处是霓虹灯闪烁,街上流光溢彩,仿佛盛满了欢乐和金币。姑娘小伙们踩着人字拖高声说笑,这就是人间的烟火气吧。我害怕孤独,所以喜欢这样的热闹,那一刻,我从心底爱上了成都。

  拍完所有的素材之后,就开始了漫长又无聊的后期工作。

  这天,有个朋友突然给我打电话说要我帮个忙,因他有事必须回家一趟,麻烦我照顾他四个月大的金毛一天半。我一看这家伙虽说有点大不过还蛮可爱的,就答应了。当天晚上我们在外面吃饭时就把它拴在了门口,因为没有照顾狗狗的经验,就想晚上送到枫哥家里去吧,至少他家养了一只,知道怎么养狗狗。

  一进枫哥家,他家的狗一下子浑身的毛都竖起来了。直接冲过来准备打架呢,金毛随便拨拉了它两下,小狗不依不饶地狂吠起来,吓得我们先把小狗关到笼子里面去,再把金毛拴到床旁边,原来不光是人类喜欢争宠哦。我一直说着拜年话,谢谢他两口子,要不是这么晚了学校进不去我也不会来麻烦他们了,说了一堆感谢的话我就回去了。

  第二天早晨6点多枫哥的电话就过来了,让我赶快去把狗狗带走,不然他家就成战场了,我忍着困意去了,之后又是一番感谢准备带狗狗回宿舍,结果正门跟东门都不让我进,在给了东门门卫一包烟之后他跟我说:小伙子,不是我们为难你,你这狗实在是太大了,它只要是小一点我都让你进去了。

  眼看着外面越来越热了,没办法先喂它一点吃的再说吧,我去买了20根火腿肠(小的),我吃了3根,它吃了17根,喝完水之后它居然哭了,然后跟疯了一样咬拴着它的绳子,我一看不行我可管不住了,得赶快叫一个帮手。一般妹子是比较喜欢狗的,一听有金毛直接撒丫子跑过来了。没办法,学校进不去了又不能把这家伙放在外面晒着,就去宾馆开了个房间,顺便买了两根大的火腿肠,准备给它当午饭,准备妥当妹子来了,我托她好好照顾这条狗,妹子说可能它以为原主人抛弃它了才会这样。我被狗狗折腾了一上午快要崩溃了,就先回去睡了。

半路上妹子给我发了一张照片跟一句话,说我走了之后狗狗一直盯着门看,看起来对我还是有点感情的,瞬间心里升起一丝欣慰。晚上朋友给我打电话领狗时,我真是大大地舒了口气,立马去宾馆把狗牵出来还给了主人。

曾经还想养一条狗呢,经过这番折腾,直接就打消了这个悲伤的念头。

开始期末考试了。我们思维课第一组的人先上,本来期末考试就是一些看图说话或者即兴评述什么的,说实话我现在真的是不惧怕了,小意思,但是老师似乎看出了我们的心思,直接来了个狠的——准备彰显自己个性的才艺展示,但不能是常规的唱歌跳舞。我就问,那乐器总可以吧?姗姗姐一盆凉水浇过来:常规乐器也不可以,比如钢琴啊提琴啊这些都不行。

同学们全部蒙圈。那干什么?脱衣舞吗?下课之后大家就开始跟前辈们取经,结果很失望,前辈的才艺如果不过关就直接开唱过关,再不济也可以混个及格什么的。但是,今年不行了,游戏规则说改就改了。当天晚上我苦思冥想,最后还是忍不住问了一下姗姗姐,我可以蒙着眼睛弹钢琴吗?曲子不用担心,悲怆,行吗?姗姗姐终于同意了。

第二天下课之后我就跑去云朵琴行试弹。可是,悲剧了。蒙着眼睛弹琴真的难。早知道我就说个稍微好练一点的曲子了。好在还有三天的时间可以练啊。当天我就在琴房里泡了11个小时。感觉又回到了小学暑假的那段时间,为了考级放弃了每天出去玩的机会。每天4小时现在不算什么,对于当时一个七八岁的小孩来说可真是坐不住,若不是惧怕妈妈的"飞脚",我真不会那么老实。好在当年的血汗如今还真的有了发挥的地方,想想那时老妈再狠点就好了,多给我报几个才艺班,现在会不会太牛哦,唉。

我赶着熄灯前回到了宿舍。见木木正在转魔方,一会儿就拼好了六面,我脑洞大开,这不也是才艺吗。赶紧请木木教我,但木木转魔方是一气呵成的,让他慢慢地一步一步地教,他居然完全不会了。这就尴尬了。没办法我只有趁他睡觉不拼的时候自己拿来琢磨,甚至还研究了一晚上的网络教程。他起夜的时候跟我说千万不要看这种教程,越看越弄不懂。然后他又尝试着慢慢教我。我看他转魔方的手看得出神,盯着他每一步动作,将近10分钟的时间,猛地开窍了,于是让他把魔方给我,拼好一层就赶紧把方法记在纸上,木木说接下来全是公式,我多转几次你尽量都记下来。在他转了17遍之后我终于全部都记下来了。之后便开始无休止地练习。

这样一来,琴行就不用去了,还浪费钱。功夫不负有心人,我终于可以在三分钟之内把整个打乱的魔方全部拼好,再练,就是一分钟搞定了。最终的结果,当然是考试非常的成功。

这学期最后的一门考试在5日,也就意味着当天我们就可以离开学校回家了。

悲喜暑假

考完试,我们一行11个新疆小伙伴一起踏上了回家的旅程,到达乌鲁木齐后,还有将近一半的同学家在各地州,都忙着去买火车票了,所以一出机场一伙人就分道扬镳,我带着杨杨跟俊儿一起走,他俩家在库尔勒,杨杨说住一晚明天再走,于是我就把他们带到了离火车站不太远的碾子沟车站旁边的如家酒店。杨杨的姐姐在乌鲁木齐上学,他说去找他姐姐吃饭晚点再回来,我就请俊儿去了一家烤肉店大快朵颐。

老妈以为我中午到家,做好饭一直等我到晚上,我进门一看这状况,就装模作样在家里吃了两口饭,跟老妈聊了一会儿天,就脚底抹油跑出去找老师跟杨杨他们了,告诉他们我不能跟他们一路走,要回伊犁去看姥姥姥爷,差不多凌晨1点多了我才回家。

第二天早晨老妈先去上班,订好了晚上去伊犁的火车票。我寻思着今年拿到奖学金了就干点好事儿吧,前一晚便问老妈要了车钥匙准备去加油,然后,开始了我悲催的一天……

出门先是去了最近的加油站加满油之后又去了火车头外贸城修了一下我的眼镜,顺便买了一瓶护理液,出来的时候还因为停车不到15分钟没收停车费而沾沾自喜呢。如果一切顺利的话大概10分钟左右就可以到家了,可就在这一跑神的当儿占错道了,一着急想着换回来打了一把方向,咣叽碰到了右边直行的一辆别克车,直接把我吓蒙了。之后我跟那辆车的车主都下了车,他拍完照后我们就开到一个不挡路的地方商量该怎么办。因为第一次蹭别人车时没经验,人家张口要3000元结果去定损只需200块,但当时应该自己付没必要通过保险,因为自己的车没事就没告诉老妈,结果第二年在交保险费的时候因为200元的事故没有打折,老妈还生了我的气。所以这次我想,如果在1000块钱以下我就私了算了,免得到时候老妈又生气。

这次的这个车主真是醉了,看我是个学生,又不敢联系家长,就不停地跟我说这也要修那儿也要修,还说我命好如果今天他开的A8我就完蛋了……我一直忍着听,毕竟是我的全责也不能怪人家话多,不过有一次教训之后我就直接给保险公司打电话让他们过来定损,之后那个车主又说他的车必须在4S店里修,然后我们就一起去了定损点。

一路上,我心里又急又气,天还下着雨,真是应景。到了地方工作人员还为难我们让下午再来,不知道说了多少好话才同意当时给定,那车主又喋喋不休地说下午3点有个几千万的生意要竞标什么的……我在心里骂,你咋不说你是马云呢,分分钟值几千万呢?之后又拉我到一边说,要是现在给他5000元的话就不用定损了。

我没理会他,之后定损出来是2000元。这家伙又逼问4S店万一不够怎么办,真是气不打一处来,智障啊,4S店给你定损会少算吗?连我这种学生你都死揪着不放,往死里揸油,装什么几千万的大瓣蒜……真是堵心。

定损之后,我们一起去了天枢4S店,问题就来了,人家这里要先付钱才能给你发票,之后才能去保险公司拿保险费,我一想,悲催呀,老妈还不知道我得了奖学金的事呢,就这样窝窝囊囊地花掉了。

把那个"上千万身家"的神仙打发走了,我又得去4S店看看自己的车该怎么修,好在不是特别严重,说是需要两天时间,而且也要先交钱……我的妈啊,没办法了,我跟他们说要出远门,15日之后回来再搞行吗?答复说可以,但是告诉我付款必须是投保人的卡,我瞬间就懵了,完了,这下不好办了,还是瞒不过老妈。4S店的工作人员似乎也看出了我的难处,就跟我说如果我把投保人的身份证和银行卡拍照带来也可以。这个我不敢做。没招了,我只能先把车开回家,从伊犁回来之后再从长计议。

回到家之后直冒冷汗,接到老妈的电话,说带我去吃饭,吓得我差点把手机摔在地上。晚上在去伊犁的火车上心事重重,老妈发现我有点不对劲,我只是说有点累,没敢说蹭车的事情。

老妈回伊犁出差,说了影响心情,还是另外找个机会再告诉她吧。第二天早晨到了伊犁,妈妈的同事来接站,住的酒店很一般,所以妈妈决定回院子去住。我吃完早饭就跑到小舅那里去帮他搬盐了,并且把事情一股脑儿告诉了小舅,小舅说蹭车不是大事,哪个司机都避免不了的,但以后开车必须小心。

小舅把事情跟妈妈说明之后,没想到老妈没因为蹭车的事生气,只是责怪我没有第一时间告诉她这件事,使得我一个人战战兢兢地处理这件事。我也是搞不懂了,到底什么事她会生气,什么事不会呢?唉,女人的心思,真是猜不透啊!

因为在伊犁待的时间不长,也没跟小舅练出一身肌肉、马甲线来,回乌鲁木齐后还是带学生、见同学、吃美食,不知不觉,一个暑假就过去了。

第三章

转眼大三了

经历了两天的火车生活,终于到了成都。下了火车之后跟小伙伴们直奔犀浦来了一顿大龙燚。这个仪式做完,我们才能心满意足地回学校。

昊天也跟我一起来了成都,因为杭州的G20峰会,杭州所有学校都在10日之后才开学,又不想在家多待。一般来说,我们放假回家的第一周看到的都是老妈的笑脸;第二周是欲言又止强撑着的笑脸;第三周便是掉脸甩脸子怒其不争的下拉脸了。大家都懂的。所以昊天就跟我一起先来成都玩玩。当天晚上我没有跟大家一起回宿舍,陪昊天开了宾馆住在校外。

第二天回到寝室才知道这个暑假我们15栋的老鼠都成灾了。放在柜子里的衣服被老鼠咬得破破烂烂的,连柜门都被咬了一个大洞。室友还跟我说:"老鼠昨晚上叼了你一包饼干走了",当时我就晕菜了。

下午交完学费之后感觉秒变穷人。

周一开始正式上课。大一新生也陆陆续续来了。

大三了,选了方向后,一个班的同学又成了陌生人。好在课程自然而然地少了,但是每节课都会留一些作业。这学期选了方向后,进入一个学霸班,同学之间还有个熟悉的过程。连翘个课都好有罪恶感。所以一直到昊天走的那天都没有时间陪他去市里转转。

送走朋友,生活步入正轨。周一早上理论课,大家基本都在睡觉;接下来新媒体老师讲课声音很小大家又都没被惊醒,一眼看去,睡倒一片……

下午,球哥(大三,他接过了安哥的接力棒管我们)先点了一下名大概认了一下我们的脸,告诉我们说先试音之后挑选一些人在期末之前录一本书出来,而且是有报酬的。又是自己的专业又有报酬,所以大家都录得很认真。当然最后还需班主任跟合作的传媒公司一致认可才OK。这课不要求时间,什么时候录完即可走人。

周二是我们最轻松的一天,只有上午10点半的一节音频课。虽然课程时间短但是每周都会有考试,全班一共分成了四个小组,如果到了期末哪个小组的积分最少的话那就凉凉了。

专业课老师很逗,上课时让我们用一句话来练习,就是规定好台词自己设计一个至少两人的情景,在1分钟之内表演完并且说出这句话。一共四句话。当时我怕自己设计的情景被别人抢先了就第一个上了台。

我很喜欢录音棚,给我们讲课的米老师长得特别像陈坤,所以班里的女生都非常喜欢上他的课。

第节课米老师让我们在录音棚里做了一个自我介绍,之后教给了我们一些基础的操作方法。下周会有一个录音证的考试,只有考到了录音证才有资格进入二楼录音棚录音。

新闻采访课是全天课。我对大三的专业课特别不满意,也是跟之前带我们的老师有点关系,因为上学期的专业老师是我在这个学校里遇到的最好的老师。一下子换老师感觉落差很大,很不适应。不过就算是这样,天注定我还是要学的,没有办法。

那是一个非常困顿的早晨,新媒体课成了大家的补觉课,鼾声、呼噜声此起彼伏。我正像只啄米鸡一样昏昏欲睡时,学习委员突然申请加我好友,大家都是同学没犹豫地加了,之后他发给我一个截图,上面是球哥的话:通知李子璇跟晨子,下午录书的课他俩可以不用来了,如果想录得更好的话下午可以跟着来。

猛一看这话像谁兜头给我浇了一盆凉水,心都凉了半截,然后我跟那个叫晨子的肌肉男对视了一眼——绝对是我们录得太差了。怎么办?瞬间就没了困意,脑子里全是这件事,专业是我的底线,不能落在人后,绝不可以呀。可专业都被老师这样点名的话就太没面子了。一番痛心疾首的反思之后,我厚着脸皮跟学习委员说,下午的课我是肯定会去的,我交了学费的。晨子也是一样的想法。

因为这件事我们郁闷了一上午,我则是反复回忆自己哪一部分出了问题,饭都没有吃,睡意更木有了。终于熬到了下午,早早来到教室打算挨球哥的一顿猛批。点完名之后我跟晨子就坐不住了,举手示意老师没点我们的名字。

球哥奇怪地问:"你俩咋来了?不是通知你们不用来了吗?你俩是全班录得最好的,已经过关了。"

哎哟我去,知道那种地狱瞬间变天堂的感觉吗?落差简直不要太大,我的小心脏有点受不了。

几乎是拖着哭腔说:"球哥,下次你说清楚好嘛。我们俩还以为自己是录得最差的。"

之后球哥又肯定了一遍,你们是全班最好的,所以可以不用来了。

不过既然来了我们也没走,心花怒放地又录了一遍,之后一鼓作气把专业课的作业一并录了。那心情,明媚得一塌糊涂。

想想接下来都有录音间考试,这样好好熟悉一下绝对没有坏处。

广播节目合成制作课的小测验就在录音间开考。考试之前,听老师议论说前几个班的通过率非常低什么什么的,就有点紧张了,不过好在我们班的通过率还可以,一组16个人只有4人没通过。

之后的上镜课终于不再是一句话练习了,这种练习虽然有用,但是整整练了三周快吐了。

生活委员突然又说要交团费跟班费。上大学后,老觉得钱不够用,我觉得这班费交得比较冤,就提议大家一起聚个餐认识一下,用班费聚。于是学习委员就定在周五大聚,结果只来了一半的人。因为不是全班聚会所以还是没有用到班费,又得AA掏腰包。真是搬起石头砸自己的脚,搞得大家都很尴尬。好在球哥支持我们搞这样的聚会,这周过后同学们基本算是都认识了。

终于熬到了大哥大

班主任球球嬉皮笑脸的时候多,从来都没有班主任的架子,跟学生相处得也很好,这跟我们之前的辅导员反差很大。但是,你要真是觉得我们球哥好欺负,那就大错特错了,这次班会球球为啥这么严肃呢,是因为学校即将对大三的学生寝室来一次卫生大检查。抛开大四实习的不谈,大三已经熬成学校里的大哥大、大姐大了,除了老师,任何场合都会有人礼貌地叫声学长学姐。正是这种心态!我们已经是学校扛把子了你为啥还要查我寝!大一大二全部查完后你们还不嫌累吗——还真是,我们球球就不嫌累,为了同学们能有一个舒适的环境不至于寝室变猪窝,最重要的一个原因就是不让我们在寝室里面吃火锅,或者自己私拉电线做饭什么的……

有人就要往枪口上撞。据说当时几个人正吃着火锅唱着歌,男寝里居然还传出了女生的笑声……球球说到这儿,大家都笑了。这生活多么美好? 然后呢,闻到味道、听到笑声的球哥开始敲门。只听见宿舍里面一阵寂静后一通忙乱——几个人居然把所有的火锅食材在厕所里摆了一地,把那个女生一并藏在了厕所里面,任凭球球怎么敲门他们死都不开。

这怎么能难住机智的球哥呢,他跑到楼外面的窗户边往里一看(笑,命苦的楼层那么低),只见4个男生正在那里苦苦商量着对策,球哥命令他们开门,进去后大家异口同声说是在吃外卖……这种小儿科的把戏怎么能逃出我们球哥的手掌心,于是乎,每人都背了个小处分。

球哥真的真的是以相声的形式来给我们上的这堂班会,快乐持续到最后快下课的时候,球哥说点个名,点到冬敏的时候球哥忽然停住了,指着"我"严厉地问:你是谁!把我吓了一跳。结果大家都往我身后看,我扭头一看——哇!冬敏换人了,嘻嘻嘻。因为大一的时候学校搞活动我俩还同台演绎了一把,所以彼此不陌生。之后一年里总看见她的朋友圈里一会儿日本一会儿欧洲的,以为她已经退学了,结果大三了居然跟我选了同一方向啊。胆儿还这么肥,居然找人代课……球哥当场就炸了。没想到那代课的女生也毫不示弱,做错了事不是该低调点吗,双方激烈"交流"了七八分钟的时长,球哥说带她去见她们学校的老师,女孩这才不嚣张了,瞅准机会便夺门而逃,球哥也急眼了,直接追了出去……

这件事情说明,好脾气的球哥是有底线的,只要你不犯原则性的错误,不触犯他的底线,他一般是不会对你发脾气的。这辅导员,我欣赏!

临近十一放假的时候,大家都按捺不住激动的心情。尤其是学校通知我们30日开始放假直到9日——也就是有10天的休息时间。

本来老妈说要来成都看我,因为要去北京学习而没有来成。我便打算问老妈多要些生活费,老妈回答得也痛快,说日记到位了,钱就到位了。

我一想也对,没毛病。唉,想想自己真是个听话的好孩子啊,大学第一天老妈就要求我记日记,我反抗过,也消极怠工过,还推脱说写不好。俺的亲娘说,就是记成个流水账也要写,每月我传了日记,老妈才会给我打生活费,唉,这真的是如假包换的亲妈啊。

开始一段新恋情

单身久了真的会得单身癌,如果有人稍微走进你的生活,就会有种生活节奏被打乱的不安感,尤其是在需要牺牲自己的时间与喜好去取悦另一个人的时候。

认识她,是在一个一点儿都不浪漫的,大名叫酒吧,小名叫夜店的地方。

一天晚上阳哥说带我出去吃饭,想着正好没啥钱了估计也要跟我说点正事吧,就把他领到了浩楠哥那里。敲黑板,请注意:浩楠哥虽然与某星同名,但不是香港的那一位星哦,而是我们大川传13级导表专业的帅哥。大四实习期间在学校外面开了一家新疆餐厅,正宗的乌鲁木齐人。我们去了餐厅一看——我的天,哥哥嫂子老妈姥姥全家一起出动来帮他,口味果然跟家里的一样。我们边吃边不住地夸赞,最重要的是这里有新疆的"夺命大乌苏"(啤酒),比我们团结镇上卖的假雪花不知道要好多少。吃饱喝足之后阳哥说不过瘾就转战酒吧街。到了酒吧点了酒还没玩两把,乐乐就带着天哥还有她来了,之后呢我们就聚在一桌玩。她也是我的学友,家是太原的,此时此刻,她像一片云一样出现在我的生活中,之后又像云一样散去,姑且叫她云儿吧。

那天晚上大家喝得都比较多,醉醺醺地没有回学校。我和云儿交流了眼神后非常默契地开了一间房。结果第二天睡过了,牙也没刷脸也没洗就急急忙忙冲去学校上课,等我中午下课的时候小伙伴们居然都还在睡觉。想想我也是够拼的。等大家都醒了,云儿说下午3点的飞机去青岛玩,让我送她。于是先跟她一起吃饭,之后回她宿舍看她收拾完东西我就去上课了,她找了个小伙伴一起去了机场。

十一大假,说好了一起玩的,放假前一晚云儿为了周杰伦太原站演唱会毁约回家,真的很无语。当晚跟第二天我们都是几个好朋友白天上网晚上烧烤的节奏,睡到了10月1日祖国母亲的生日。

云儿回来之后,除了上课时间每天都跟我在一起,我们几乎形影不离了。讲真,我没有想过在夜店那样的地方找女朋友,当时的小心思是——在那种地方认识的女孩带她开房内心不会有很深的负疚感。但很多时候,开始时是游戏,演着演着,因为习惯,因为不忍,居然就入戏了,当真了。

在纷乱喧嚣中认识的两个人。一个不甘寂寞,什么都敢尝试;另一个非要在脆弱的情感中寻求慰藉。我们都言不由衷,我们都违反了自己的本意,但依然深深地陷入爱情。

和云儿认识后的第一个生日就要到了,正巧是个周五,就准备个好点的礼物给她吧,但是又不知道买什么好,咨询了一下航哥,航哥说女生一般都比较喜欢口红。鉴于我老妈对我的影响,送礼送差了还不如不送!我还真怕给云儿买了她根本不用的那种牌子的化妆品,浪费了。航哥很内行地说买最贵的绝对不会错。我想也是啊,老妈什么时候扔过贵东西呢?接触了这段时间,感觉云儿的性格还不错,把她惹生气了第二天还会主动找我,问我在哪儿啊一起吃饭啊,不是特别作的那种女孩子。她不知道从哪里知道我上学期被骗贷款的事儿,知道我没什么钱,看到我给她买礼物还超级感动说不用买这么贵的礼物,只要有我陪伴就好。

给云儿庆生,一次主宴,另外还要单请她的一群闺蜜。突然想起来航哥给我的托付,于是我就开口了:"云儿,你生日那天是不是美女特别多?""嗯"云儿答。我又问:"我能把航哥带来吗,让他自己去勾搭吧。"云儿同意之后,我心里就盘算着航哥你该怎么谢我这个问题了。

到了周五我跟云儿带着航哥去了米兰酒吧,老板有两个,一个是云儿的表哥,还有一个是我们新疆老乡一鸣,所以大家觉得这里比较亲切。来得人比较多,基本上都是妹子,航哥有点不好意思,我就让他坐在我旁边,看他也不怎么说话,就想着怎么让他嗨起来。今晚我是女主角的对象,主动搭话搞活气氛那就是我分内的事呀,便带着航哥跟对面的3个妹子玩起了骰子,之后看航哥放开了我就知趣地退到了一旁。男生之间聊得挺愉快,那边女生喝多了就开始鬼哭狼嚎,一看我航哥还坐在那票妹子中间呢,心想着今晚他一定能成功,结果有几个朋友有事先走,我把他们送出去回来时发现航哥身边一个人都没了。他说有一个美眉挺聊得来的,谁知你们一走那姑娘就跑了。

看航哥落寞的样子就想帮帮他,我问是哪个姑娘,确定下来我发现自己有那姑娘的微信,于是跟她说:"你包落在这里了,你在哪儿我给你送过去吧。"之后她告诉我她在另外一家酒吧,然后我们就过去了。好说歹说,人家怎么也不肯跟我们回去,航哥一看彻底没戏就算了,我们这边差不多闹到1点多散了。

回去后特别累直接睡了,第二天醒来的时候我还下意识地看了一下手机之后一转身,人呢!再一转头,差点没把我吓死,云儿穿戴得整整齐齐,妆也画好了。我一下子没有反应过来,就问怎么了,然后她慢慢地说了一句:我爷爷不在了……接下来就开始哭。我在一边一下子不知道自己该干什么了,我想说别哭了,感觉不合适;说节哀,也觉得不合适;只好一直看着她哭。她哭够了,问了我一句:我的妆是不是花了?说实话我是一个很有同情心的人,自己女友的爷爷去世了虽然谈不上难过,心里也挺不舒服的,但是一看她那张被眼影、睫毛膏、粉底液弄花的脸,我差点忍不住笑出来,还是强忍住了,等她的情绪稍稍好点的时候就各种安慰,我们就这样一直在酒店里待到天黑,我觉得快要饿死的时候她终于说要回去一趟,真是好不容易可以出去吃饭了。我们走在学校门口的小吃摊上,看见摊主爷爷,她又开始哭了,吃完饭我赶紧送她回学校,嘱咐她好好休息明天去请假,后天凌晨我送她去机场。

第二天出发之前云儿接到一条短信说成都有雾霾航班取消,就跟我说不用回了,之后在网上查并没有延误取消,我就跟她说这是骗子短信不用理,结果云儿直接给她妈妈打了一个电话,说这是她爷爷不想让她回去了如何如何……听得我都有点不自在了,就劝她说别这么迷信,机票都买了,作为孙女的一定要回去看最后一眼的。

好在,她终于听进去了。

我看出来了,临走的时候她有点放不下我不想回了,不过我还是说了很多的大道理硬是把她给劝回家了。原因很简单——她天天跟在我身边,双胞胎似的,我实在是想去跟我的兄弟们上上网了。虽然我这么说大家会直接说我屌丝,但是事实就是我真的很想去上两天网。大家有所不知,初进大学校门时,我对电脑游戏这玩意不是很感兴趣,到了大学没有女朋友业余时间干吗啊,总不能每天都喝酒吧,于是在室友的带领下。我从大二那年开始学习英雄联盟这个神坑游戏。他们起初教我的时候就跟我说塔下猥琐之类的,出装的时候我们教你云云。可打到最后关键时刻根本就没有人理我,输了之后更是直接来一句:李子璇你还是看电影去吧。我去,这么看不起我怎么能行,我还就玩好了让你们别嫌弃我。当时应该是S5的最后时刻,不过那时候我就是个练级的,也不知道什么赛季。我们班长比较厚道带着我跟副班长一起玩,就让我们自己选几个觉得能玩好的英雄来教我们。

现在,我们的副班长已经是一千多场的老寒冰了。只玩寒冰我也是服了。而我呢,我总觉得远程的英雄有安全感,所以就选了一个当时攻击距离超长的奥巴马——最让我自豪的是在2015年的12月2日这天我跟两个室友一起玩游戏,就用奥巴马拿了一波潘塔kill,之后大家就不怎么嫌弃我了。因此我对这款游戏就相当于是当时高二高三学生刚学会时的心情,忍不住想玩。之前反正没女朋友闲着也是闲着,那天在新疆餐厅等云儿从学校出来的时候浩楠就问我,可以一起上个网不?他下午的时候没客人比较的闲。好吧,这就是我想让云儿回去的客观原因,最主要的也是她应该而且必须回去。

周五晚上我带着木木直接在浩楠的店里等着他下班。9点他关门之后我们就坐在他车里准备去网吧了。这货突然说他身份证没带得回家去拿,好在也跟网吧顺路。我说:那我们先去,边玩边等你呗。结果浩楠笑着糟蹋我说,你们等我一下咋了?我的妈啊,女朋友走了上个网跟毒瘾犯了一样。我在车上笑得都说不出话了。好吧,等你。

周天云儿就回来了,我还得去接,然后就没有上网这种事情了,呵呵!

大三的国庆节

国庆一大早,我还没有睁眼,手机就一直震动个不停。当时我以为是闹钟就没有理会继续睡觉,又过了一会电话一直在响,拿起来是特儿打给我的,刚一接通特儿着急地问我在哪儿,我说在宿舍……他说快给你老妈回个电话,找你都找疯了……

我心想的这是咋了?于是就赶快给家里回了一个电话,老妈被我吓坏了:"儿子你咋不接妈电话,快把我吓死了,以为你出事了,想给你们安老师打电话又觉得不太好,我差点就报警了。"

"为啥啊?我在宿舍睡觉呢,以为是闹钟,咋了,咋就觉得我出事了呢?"

"你还好意思说!我说了你给我发了日记就给你十一出去玩的钱,你倒好,日记也不见传、连个电话都不给妈妈打,我想着小崽子没钱了不会不问我要,我就等着吧,咦,这都1日了看你还没动静,妈妈能不着急吗?"

当时我心里涌起一股暖流,女朋友把我给闪了妈妈依然爱我。于是就厚着脸皮收了老妈转来的5000元钱。说实话我原本认为这些钱一个假期花不完的,因为我一个人的时候是根本不会用很多钱的。假期头几天都是打打台球上上网,最贵就是去浩楠哥那里搓一顿也就200块钱。

到了3日,看着学校里都没什么人了,便发个朋友圈问问谁还在学校,这下好了,瑶瑶说她跟她室友在,她白天去市里学舞蹈晚上回来找我们。我们想的也好,就一直等着。晚上她们还带了两个妹子一起来了,哎呀我们肖哥一下子就来精神了。我跟瑶瑶都是新疆招生组的成员,所以一直关系不错,熟人之间也就没什么好表现的,我们肖哥就不一样了,一下子来了三个貌美如花的姑娘他直接就晕菜了,一个劲地在那里装x,啊哈哈哈哈……

因为是国庆,酒吧街上就剩两间营业的店,我们选了一家人少的酒吧,结果还真就被人盯上了,正玩着的时候有个男的过来跟我说英语,意思是想跟我们拼一桌,其实是看上瑶瑶了想带她走。我就直接跟那人用中文说:这是我对象你带不走。但是毕竟我们人少别的话我也没多说,这人也不来硬的就赖着坐下来喝酒,目的很明显,准备把我灌翻后自己找瑶瑶去说……我硬撑着没醉,而且趁他去厕所的工夫直接让三个学妹回学校了……第二天瑶瑶为了感谢就说一起去重庆玩,想想在学校里也确实没意思,也就顾不上以前的教训了,那就去吧,这一去重庆,花销一下子就上来了,等我们回去时,真的真的就只剩下生活费了。

好在我们5日出去,正好躲过了所有的高峰期,因此玩得还是比较尽兴的,8日回来之后稍稍调整一下作息就等着9日晚上的班会了。之后离我们最近的假期也就是寒假了。

有女朋友的日子

十一大假之后大家的情绪一时调整不过来,都不大想上课。我跟朋友去了一趟重庆回来的当天遭遇超级堵车,差点连学校都回不来了。因为晚上要开班会所以大家都选择在8日返校。开班会的时候球哥还是没有把放假前大家偷偷跑回家的事儿拿出来说,大概说了一下之后没有什么假期了,还有就是不能旷课,希望大家自律之类的事情……球哥是1991年的,比我们大不了几岁,所以开起班会来也不会像原来的班主任那样,洋洋洒洒开个一节课的时间,基本上把重要的事情讲完之后就结束,时间大都浪费在点名上……之前因为学校接二连三地出了点事情,所以校方加强了对我们的安全管理,现在7点半之后就出不了学校的门了。

班会后,我很郁闷,因为我答应了云儿晚上去机场接她。这个班会一开我就出不去了。只好问有没有晚上要出去的人把我带上,之后乐乐说她在校外住,每天给球哥打个电话,球哥再跟保安说一声,她就可以出校门了。乐乐说你给球哥发微信说一声,应该我们俩都可以出去。我想球哥比较好说话,肯定可以的……结果,球哥给我回了一个微笑的表情,之后就不理我了,过了一会儿他给乐乐打电话,我就明白没戏了,便让乐乐先走了。

我在校园里徘徊了好一会儿,猛然想起我室友腾哥也在外面住,今天开班会他肯定还没回去,就发微信问他,结果这家伙早就带着女朋友翻墙出校园了,问好位置之后我便火速赶到,看见一帮学生都在那里排队等着翻墙,那情景,真是辣眼睛。

差不多20分钟之后我也翻出来了,已经快9点了,云儿的飞机是11点50降落,我也没什么地方去,乐乐让我先去她家里,我想去个单身女孩那里不太方便,就找了一家网吧先玩了起来,虽然后面联系黑车司机车费还加百分之二十都是后话了,重要的是这个下雨天,我顺利地接上了云儿和她的同学。

自此以后,云儿和我几乎形影不离。大家看到了之后还嘲讽我,说之前还以为我打算出家呢。我俩还收到了很多人的祝福。

感觉云儿好像什么时候都很闲,没事可做似的。而我呢什么时候都跟赶飞机一样赶去上课。周二一起吃饭时,我就让她把课表拿给我看看,看完了之后我明白了——她们这学期跟没课也差不了多少了,云儿告诉我,导表专业的课基本都在大一大二就上完了,大三的同学都是在外面的公司实习或者接活动之类的……我说,看你现在也挺闲的,我啊还是比较忙的……一番话说完,她立马觉得我嫌弃她、烦了……

这周云儿从家里回来时,我因为上课的原因晚上就没有去接她,等她从机场回来的时候我记得好像是11点多了,就对她说早点睡觉第二天还要上课呢。可能是因为好几天没见我了,云儿非说箱子太重了自己拿不上楼去,结果还是把我给叫到校门口了……其实箱子并不重,我觉得她就是想见我跟我聊天吧,但我真是挺困的。她赶了一天的路居然很兴奋,一直拉着我跟我说家里的事情,什么哥哥姐姐了,亲孙子跟外孙子了,谁谁谁没良心了……听得我上下眼皮直打架,真心累!

其实,我也挺想去接她的,只不过她回来的时间点特别地背。上周开始,学校把所有保安清一色地换成了退伍军人。晚上7点半之后严禁出校门,就连东门外的小吃都不允许我们隔着东门买了。唉,为什么我们这届学生会这么惨?学校拼了命地管我们,每天晚上都是查寝啊查寝啊。简直就像在坐牢。虽然我们不乐意,不过大家也确实不会大晚上的往外跑,毕竟学校是在城乡接合部,还是不太安全。如果学校建在市中心,相信校方真是懒得去理你回不回学校呢。所以,如果我们7点半之前还没有出校门的话,那就意味着我们当天晚上是一定出不去的了。哦,这次的整理算是空前绝后的一次。就算上学期有学生出事了,也就是让我们签了一个月的晚签到,然后校长给我们开了个安全教育的大会。这事儿就渐渐平息了……结果这次,除了上面说的例行公事外,最重要的一条就是从前晚归不用刷卡就可以进校门,现在坚决不行了,每个人的卡班主任都让我们去重新登记了一遍,晚归一次写检查、两次思想教育、批评,三次就要挨处分……而且墙也堵住了,大家也没法翻墙出去了。我们真的好安全啊!

大三上学期的最后两个月

这周开始,各省的招生工作已经陆续开始进行了,最先开始的是东北招生组。我是从航哥那里听到的,因为东北招生组人员一经确定下来,就要在12月中旬全部去当地。不知道为什么他们的工作展开得特别早,据航哥说是因为东北太冷,而且不想在后面跟其他省份抢时间。这么一说我也就明白了。更多省份的校考时间都是在年前,而到了我们新疆就是年后。

去年校考的时候,老师让我去机场接监考考官的时候,就知道他们一被选定成考官,就有可能是好几个省份都要去,这样一来,新疆是最后一个单独招生的省份,老师们来了之后都异常疲倦……不过在问过新疆的招生人数跟报名人数时又让他们如释重负。的确,在河南山东安徽这些高考大省,平均每个省报考我们学校的学生达到了2万名左右。而新疆全疆的艺考生也只有3000人左右,因此我们从来没有设立过省联考,而这3000人里又有将近一半的是美术专业的学生,去年就是近1000人来报考我们学校。

谢老去年还说,如果报名人数能达到600,回成都就请我们吃大龙燚。结果,一共两天的报名时间,第一天中午就超过了600人,吓得我们担心只有一天的考试时间能否够用。果然最后我们是全师大最晚收工的学校,没有之一。以至于晚上吃饭时,很多女老师都回去休息了,只剩下男老师跟我们这群学生一起喝庆功酒。

今年招生前谢老请大家吃了一次饭。吃饭时我们就提了建议,去年招生组的女志愿者太多了,根本就没法干活。今年要多招一些男生来才行。当然了,我们也是有私心的。想想啊,大一我们刚来招生组的时候,那是所有的活儿都由我们来做啊。到了大二好不容易可以使唤一下大一的小朋友了,结果全是女生。好吧,像扛机器、买早餐、矿泉水这种事情……就又落在我们头上了,大家自然不开心了。

不过这次,大家有了共识,因此,本次新疆招生组志愿者总共有30个人,其中有19个男生。我觉得这样就好多了。男生一多,管理起来也比较方便,最重要的是重活儿有人干了,嘻嘻。

周天开班会,球哥给我们说第二天有关领导要来检查我们学校,所以全校停课一天,每个班选10个人明天去做"三好学生"。我暗暗祈祷,这10个人里面必定没有我。放松心态、放松心态,再怎么说周一这样一个没课的日子可不能被这种事给糟蹋了。结果是越怕什么就越来什么,第一个被点到名的就是我……为什么啊?平时这种事不都是班长学习委员这些人顶上去吗？怎么入党不第一个选我呢？我心里就有点不平衡。好在之后我知道是被分到元元老师的班里，受伤的心灵总算得到了一点安慰。

球哥在点完综艺班的人名之后，我们都挺开心的。综艺班不仅要全班上阵，还要穿盛装……哈哈哈，可能是为了迎接领导吧。而且，大半夜地5点就要开始站队，相比之下我们听课的比较好一点。

第二天一早，感觉整个播持楼的气氛都非常紧张。我告诉云儿今天别给我打电话，等我完事儿了会打电话给你的，不然领导来检查时我的手机响了，就真的倒霉了。米老师说，今天谁掉链子那会比以往任何时候都要严重！上午是校领导过来先彩排一次，这次我们倒不是特别紧张，但挨了校领导的批评，之后大家心里慌慌的。米老师说领导批评我们不要怕，把做得不好的地方改正了就行，怕得是咱上午特别完美下午出岔子了，那就相当于什么都没做过，只要我们下午把任务完成好就OK了。因为大家都特别喜欢米老师，所以他说的话总有一种魔力。为什么大家喜欢米老师？那是因为我们米老师实在是太帅了，长得与演员陈坤神似。他的课，那些女生每周三下午都是按时到，双手捧着脸一脸崇拜地认真听课，比起其他一些老师，差的真不是一星半点。唉，这真是一个看脸的时代。

中午大家休息了一会儿，就开始紧张地准备下午的检查。由于上午都已经过了一遍，大家基本对流程比较熟悉。现在最怕的是有突发事件，比如领导来了之后问我们各种问题，后来才知道，我们想多了。人真的来了时，乌泱乌泱的大队人马，拍照的人也比较多，我们面对直播间，没有转身去看他们。但是我们知道一行人在我们身后停留的时间绝对不会超过30秒。之后，米老师把我们关在教室里，告诉我们一定要等4点零5分打了下课铃再出去,不然万一路上碰到哪个领导问下你是哪个班的?不就全完了吗。这么一想,大家也就释然了,反正一天都过去了,再多待一会儿真是无所谓了。可爱的米老师也没有让我们干坐着,一直在讲笑话逗我们开心。之后,球哥也对我们的表现比较满意。这是最好的结果,不是吗?

接下来的日子就要应付一大堆作业了,云儿基本上都是在录音间陪我的。还有一个月便是期末考试。每个老师都说这可能是我们最忙的一个月,其实之前他们早就给我们打过预防针了。

从十一放假回来开始,我们的作业就是几个方向里面最多的。以前我们老是嘲笑节目制作班作业多如狗。如今我选方向到了广播班,那作业也是一地鸡毛啊。尤其是第九周开始加了一节可视化广播……老师直接告诉我们摄像基础跟后期剪辑都需要在这堂课里体现出来。如果到时候有谁做不出来,大三的老师是有权利挂你在低年级里已过科目的。比如说,一档节目需要6个人来做,需要两位主持人,一个嘉宾,两个摄像以及一个剪辑……主持人不用说,只要你有稿件,会操作调音台,事先自己编辑好即播单就可以了。可以说这是想拿高分的人最简单的一科;至于嘉宾就更简单了,几乎全程打酱油,是大家最喜欢的角色。基本上整档节目里不需要嘉宾出太多的镜头,只有主持人问嘉宾个别问题,嘉宾根据主持人的提问来回答就可以了。嘉宾虽然不至于挂科,但是如果不是做得非常好的话,在正常情况下分数都不会是最高的那个。

摄像基础是我们在大一刚进校的时候就接触过的课程,可以说是我们所有科目里面必须也是最先要掌握的技术,不然之后的电编,新闻评论,这些需要我们去外拍的科目作业就无法完成。所以如果你在这门课里不会摄像的话,老师是真的会挂大一已过科目的。然后就是后期剪辑。后期剪辑也是我们大一接触的课程，这些都学完了之后剩下的就是更高端的一些操作。可视化广播是为了巩固我们大一时学过的知识；加上这门课之后，我们除了周一上午有一点点闲暇，其他时间基本上都属于满课状态。

  云儿上个月简直就闲得不要不要的，从这周开始，她也像陀螺似的开始忙起来了。他们老师在都江堰接了一个关于消防安全的宣传片，要在都江堰待一周的时间。由此看，大家到了12月真是进入忙碌状态了。不过我比较羡慕的是云儿去都江堰这个活还是有工资的，我就在想我们系什么时候也能出一个这样的福利给我们享受一下。

  这周上球哥的录音课时，他就给我们讲评了一下我们之前的配音。不由得记起了这学期刚开学时，大家都互相还不太认识。第一次上球哥的课，他让我们录沈郁白的一篇小说，结果第二周他在群里发了李子璇跟晨子这周可以不用来上课了，如果想录得更好可以来……当时我和晨子凑到一起心里直犯嘀咕——咱俩这专业估计球哥看不上吧？就算是全班最差不能连课都不让去上呀。商量完之后我们决定硬着头皮坚持去上课，这是专业课好吧。去了总不会赶我们走吧……

  结果球哥看到我俩还一脸的懵圈儿，说你们俩录得最好，直接可以录书了所以不用来上课了。这么长时间我们都把这件事给忘了，原来福利终于来了——球哥让我们看朋友圈里各自都有些什么书，录书的同学晚上周末都可以随意借录音间使用，报酬是一小时50元。我在网上搜了一下我录的书，28小时，那就是1400元了。当时我还想呢，这钱还挣得挺轻松的，之后便答应录制了。

  但是，毕竟我还是太年轻。刚开始大家的热情都比较高，每天录音间基本上都是爆满的。有几个录得快的眼看三四天的工夫就录了全书的三分之一……

球哥见大家录得过快,就对我们说不要录太快。因为那边公司手续办理完了就开始审核我们的录音。只有审核通过的才不用重录,否则只有一遍一遍的录到对方满意为止。球哥说的话大家都没有走心。想想审核是应该的,不然有些音破了肯定是不行的呀。

我们上台词课的时候跟老师聊天无意间说到了这件事情。仲老师对我们的热情似乎没什么兴趣,只说你们量力而行,如果觉得自己录不完千万不要随便跟对方签合同,后面还嘱咐了我们一些注意事项。不过,眼看着最近的开销比较大,一个北方男孩子又不好意思去花女朋友的钱,就想着怎么去赚钱了。以前还可以帮同学去代个课啊写篇论文啊之类的挣点零花钱,如今已经管理得相当严格了,想在学校里挣这种外快已经不可能了。

云儿通过她的资源平台让我去全民TV上试试主播。其实,我知道自己能干什么不能干什么。主观上来说我不太适合播颜值控这种东西,首先我从内心是比较抗拒的,尤其是男生,哎你想一下谁爱看呢?这种东西真的是只有女主播才能干火,男直播能火的,一是必须非常能说;第二就是游戏厉害。道理想得明白,可又觉得云儿这么热心不试试也不合适。好吧,果然不出我所料——直接被官方拒了,说我感觉跟没睡醒一样,还有就是我的发际线后移,平台居然说严重影响了形象,呵呵。云儿还因为我试播不顺利一直跟我聊天缓解情绪,过马路的时候不小心被车蹭了一下,气的我真的是不要不要的。好在晚上云儿回来跟我说,所有的颜值控男主全部被刷掉了。我心里才算安慰一点了。既然手机直播不行,干脆我就去PC端试试游戏主播吧,结果呢,申请主播请求成功了,但是我的这个笔记本电脑的配置实在是无法满足这种直播的需求,唉,所以赚钱这件事还得从长计议。

快到年底了,老师已经把期末考试的安排都下发给我们了。好多老师因为在各地招生,学校放了几天假。我便带云儿一起去西安找发小晨哥玩耍。

晨哥在我们发小群里算是高学历了,就目前而言——明年研究生毕业,还在兼职本科班的辅导员工作,真心羡慕。我俩坐动车到了西安之后,晨哥跟晨嫂专门来车站接站。晨哥老家在西安,所以他老爸已经在西安给他买好了房子。他直接把我们带到了他家里。在车上边走晨哥边给我们介绍西安,说他这套房的位置在开发区,相当于我们乌鲁木齐10年前的铁路局。被开发前都是黄土沙子什么都没有,现在人可比老城区的多了。

先到晨哥家里放下行李,稍微休息了一下跟他女朋友去了回民街,这里算是新疆人比较多的地方。不过这是我第一次到西安,路上想这回民街大概开临街商铺的都是回族吧。结果去了之后跟我想的不完全一样,除了大多数的回族人在卖东西之外,还有一些新疆的维吾尔族也在这里卖烤羊肉串。晨哥跟我说这里的东西最低的价格是10元,没有比这个再便宜的了,于是我们4个人一人买了一串羊肉串尝了一下,结果很失望,感觉这些新疆的小伙子都是在本地做不下去了才跑到内地来骗当地人的吧,真的很难吃。西安当地的特色肉夹馍真正不错,不过光排队就排了半个小时,还25元一个,超级贵。其生意之火我不知道该怎么来形容,这么说吧,剁肉师傅是每10分钟换一个的,一共有6人,也就是说一个人一小时里只有10分钟是工作的,可想而知在那10分钟里工作量得有多大。

人一吃饱就懒得转了。之后晨哥问我们想去哪儿。其实我跟云儿都是第一次来西安,目的很纯洁,就是来看看我一年没见的发小。兵马俑我们是有想过,不过就两天的时间也懒得折腾,晨哥说是很远就对了。之后晨嫂跟云儿都说想去抓娃娃,我们就去了电玩城。她俩抓娃娃,我跟晨哥在楼下的咖啡厅坐着闲聊。说了一些小时候的事儿,感觉很温馨。

不过她俩回来之后我们就没有这么轻松了,不知道她俩从哪儿听说赛格里面的东西好吃,直接就把我们拉去了。我是有点担心我晨哥的钱包,酒足饭饱之后果然不出我所料,这顿晚饭貌似是吃掉了本科辅导员一周的工资啊。晚上大家在晨哥家里打打牌休息。临走那天,因为我们没做功课买了西安南站的回程票,晨哥说太远了,不过我们也不用他送了。这个西安南站,我是真的不想吐槽,还没有我们乌鲁木齐南站的三十分之一大呢。一点都不吹牛,只有一个月台,骚呢兄弟。上了火车之后折腾了好半天我们才都收拾好,好在只有一晚上的车程,赶紧睡了。

考试季的时间过得飞快,转眼又是一年过去了。

阳春三月和我阴霾的心情

新年的寒假过得很糟心,因为被学长骗贷这件事,当时一直没敢跟妈妈提,所以即使招生那一阵那么忙,依然令我寝食难安,头发大把大把地掉,唯一令我欣慰的事应该是寒假里带了三名今年准备考大学的艺考生。很多朋友都说我带学生从来不带男学生,其实我不是这种人,虽说带的女学生比较多,不过还是比较喜欢收男孩子,毕竟我们艺术类的专业跟理工机械什么的不一样,基本都是属于女七男三这种比例。所以,讲心里话,女生参加艺考比男生的竞争更加激烈。就这样喜忧参半,我迎来了新学期。

这周可能是我在学校过得最开心的一周,因为妈妈要来成都看我了,虽然她过来要办的事情很恶心,不过能看见老妈我还是特别的开心。周二一大早我就跟球球请好了假,说要跟干妈一起去机场接亲妈。请好了假之后我直接就到了地铁站,先去干妈的单位找她,然后一起去机场。这阵子成都的气候还是有点热的,我们坐在车里都要开空调,不知道老妈从新疆过来穿的什么,到这边来估计会热得受不了。老妈乘坐的飞机是1点降落,我们12点整就到机场了。接上老妈之后我们先回了干妈家里,晚上干妈一家带着我跟老妈一起去吃了家门口的火锅。

之后云儿还专门来见了我妈,感觉老妈看见我女朋友突然不太会说话了……这让我心头一紧,咋?感觉不行吗?不过现在八字还没一撇的事儿也无所谓,以后的事儿以后再说吧。

第二天中午干妈跟老妈到学校里来了,解决那30000元的事。

刚刚送走来看我的老妈,原本想着这下好了,没有贷款缠身可以好好享受一下正常的生活了。结果老天就让我品尝了一下什么叫乐极生悲,航哥的女朋友从东北过来看他,晚上说请我跟云儿一起吃个晚饭。我就跟云儿坐着小三轮去后门找他们,结果到了地方坐下,突然发现我的手机不见了。找了一圈也没找到。原本每次坐小三轮都是用支付宝来交钱,偏偏今天我们用的是现金,这下想找车主也不可能了。晚上大家都知道我心情不好就都没怎么说话,但是看见云儿生气的那一瞬间我感觉好像我妈啊!不会还要我哄你吧!

我第一次因为丢手机这么难受,心想老妈刚刚帮我还了这么多被骗的钱,不能再让她为我买这个丢手机的单了,但是这个月需要直播,不能没有手机。要是平时不做直播的话不用了我也不会觉得怎么样。没办法,看看自己身上的钱决定买个二手的苹果6,连续在网上看了两天感觉没有什么好的,都是手机有一些问题,没问题的二手手机又感觉价格有那么一点点高。这时候室友推荐我干脆去贷款买个7。我跟他说,老子这辈子都不会再去贷款。万般无奈之下我打了干妈的电话,跟干妈说了一下手机丢了的情况,问问她那里有没有不用的苹果,结果得知干妈换手机都是以旧换新或者直接送给别人了。没有办法,在室友的陪伴下来到了学校附近的手机专卖店,花1600元买了个二手6。不过刚刚拿到手的时候还是有点不太习惯,用惯了6P突然给你个6就是感觉有点不太一样,不过毕竟可以继续工作了。

三月中旬,热爱网络游戏,尤其是热爱英雄联盟的玩家(在我们学校上学的)迎来了利好消息。由于下周我们学校准备进行一场电子竞技的总决赛,听说只要游戏打得不错,就有机会争取一下场外解说的职位,于是报名的选手都聚集在伊莎贝拉电竞社来争夺这个位置,比赛规定是所有人在一起开自定义,输的5个人自动被淘汰,MVP轮空,剩下4个人自己选对手捉对,胜出者再捉对,再胜者与MVP争夺最后的名额。本来我感觉自己可能是第一轮就会被淘汰的,结果意外的是我居然在10人争霸赛的过程中赢得了MVP,这样的话我就省了两轮的艰苦奋斗,等到最后决赛时拼尽全力。最后一把我俩选的中路英雄,儿童劫跟托儿索(编辑妈妈这不是错别字)。最后,玩儿童劫的我赢了这场最终的SOLO大战,成功赢得了最后的这个名额。但是,这件事情并没有让我觉得特别开心。

专业课上老师给我们分组,强行将我分到了一个女生特别多的组,真的是让我特别地生气,所以那天在教室里我破天荒地发了一顿脾气。晚上学习委员找到我,说约我出去喝点东西,我说我想喝酒,结果这姑娘说她活了二十多年一口酒都没喝过,我立马汗颜,那就听你的吧你想喝什么就喝什么,她知道我很生气,就告诉我,你不愿意跟女生搭档,其实很多女生也不大愿意跟你搭档。反正我是不知道这是为什么,答案却是:你是班里的帅哥,大家不知道该怎么跟你搭档。这话突然让我想起来我当时大一刚进校的时候,女生老是不跟我打招呼,当时就有朋友告诉我说,是因为你长得太帅了,在班里又不多说话,还是新疆人,大家不敢跟你打招呼怕自讨没趣。好吧,这个理由是真的让我没脾气,好吧我消气了。哈哈哈!

上学期期末的时候我们学校开设了电子竞技专业,意思就是专门打游戏的专业。我想各位00后应该对这门专业异常地感兴趣。不过学校也明白如果这门专业不设门槛的话会有多少人过来报名,于是就设定了考试,或者段位截图录取,并且只录取2016级及以后的学生,话意思就是我们这些"前辈"大概是没什么希望了。设定的段位是男生1区超凡大师或者其他区的最强王者即可录取,女生则是1区钻2及其他区超凡大师即录取……这样一来,基本就把这门新专业的人数控制在了几十人以内。那么像我们这些已然大三的做不了学生却打游戏打得好的同学们该怎么办呢?

由于2015级的播音推出了新媒体方向,学校里的老师一下子变得紧张了起来,尤其是这门电子竞技专业,一般的老师是根本教不了的,因此2014、2015级的两届学生只要你是最近两个赛季最强王者的话,就可以带2016级的学员去训练。在毕业前水平没有下滑的貌似就可以跟学校签订教师合约,说白了就是只要你游戏打得好,就可以留在学校当老师,而且还是天天带领学生玩游戏的那种——哇,想想都觉得很爽。

　　本来这件事情与我是没有什么关系的,但是这周学校里发生的一件事情让我们不得不提,这周四学校演播厅里进行了一场大学生电子竞技总决赛,我们学校的电子竞技专业的学员们一马当先占据着一个总决赛的名额,对手是乐山师范学院的学员们。比赛采取三局两胜的制度来决定最终的冠军归属,而我则因为上周的出色表演获得了场外解说的职位。唉,只怪我游戏打得不好,原来现在这个社会即使是打游戏,只要你打得足够好,都是可以养活自己的。

　　我们的比赛现场超级火爆,因为大学生基本上都玩这款游戏,从前我们都是看很多主播区打职业比赛,或者在PC端上观看主播平时的王者段位的比赛,我相信百分之八十的同学都没有感受过这种在现场观看职业游戏比赛的情况,场面空前。比赛开始之后,我总有种在我们学校里比赛一定是我们学校赢的这么一个预感,果不其然我们大川传赢得了第一局比赛的胜利,中场休息时我翻看朋友圈才发现原来腾讯优酷乐视这几个大的视频平台都在直播我们学校的这场赛事。突然觉得自己的解说不可以这么low。毕竟不只是我们自己学校的学生在看,于是赶紧调整到最佳状态,接下来我们大川传又轻松地收获一场胜利——2比0,成功登顶。压根就没有所谓的第三局。果然在我大川传的主场是战无不胜的,哈哈哈……

　　比赛结束之后,第二天登录游戏界面居然发现游戏公告板上清晰地写着:四川传媒学院已开设电竞专业……相信这个消息一出,很多玩游戏的艺考生高二准艺考生都会疯狂地报考我们大川传,而学校的名声与生源也会越来越好,越来越多。

　　最近总是感觉觉睡不够。早晨定好的闹钟原本是提前好久的,但是不知怎么的就是好想赖床。而且这周上课基本都是人去了,脑子没带。也不知道自己在想什么,可能是因为我心里的另外一个梦想吧。

　　高中的时候很喜欢打篮球,但是到了大学发现自己体质跟不上后遗憾地放弃了这个爱好,如今已经是大半年不碰篮球了。但是在这个月的直播过程中,我感觉播颜值控真的不如去当个游戏主播。比如我最喜欢的文森特啊,马老师啊之类的,感觉他们比较轻松地月入百万,于是我找了一个班里游戏玩得比较好的朋友帮我双排上分,目的就是上到超凡之后可以开个直播,但是这些玩游戏时间很长的人跟我说了超凡王者人很多,你就认识这么几个人,直播是没有人看的。不过朋友有梦想还是要帮着消灭一下的,于是,这段时间只要没事我俩就在一起上网,晚上很容易就是一个通宵。

　　去年这个时候我爆发了胃病,这几天生活不规律又开始像去年那样胃总是不舒服。这就让我早晨不敢不吃饭了,谢天谢地我的胃没有像去年那样直接让我进医院。就在这周三晚上我跟幸哥一起通宵冲分的时候眼睛突然不对劲了。按理说我们大三了不应该如此沉迷于网络,但我只是想尝试一下网络主播能不能行。结果眼睛居然出血了,吓得我这几天都不太敢长时间看东西,睡觉的时候都戴着眼罩,真的是给我吓到了。记得我小时候跟班里的同学聊天时说过,我可以接受自己聋了,但是绝对接受不了瞎了,如果眼睛看不见了,我肯定活不下去。于是这几天我没有再跑去网吧跟幸哥冲分而是老老实实地在寝室里待着哪儿都不去……想着等4月份过去之后看看身体是不是能恢复一下。

　　周末,云儿跟我说她要去重庆参加个什么电影的杀青,正好上周班里有两个同学帮我交了去阆中的钱,于是就回请他们去吃大龙燚,顺便还叫了幸哥,甜甜跟一鸣都是山西姑娘,而且是那种极乖的类型,甜甜根本不喝酒,一鸣也是只跟我和幸哥浅尝一点而已,这周已过,美好的三月小阳春便过去了。

人间四月天,阆中广州行

上个月,老师就通知了要去阆中基地,让我们每个人做好准备,顺便交一下钱,然后每人在去之前交一份简历给他。这周专业课老师大概给我们讲了一下去阆中的任务,还推荐了一家春怡火锅让我们去吃,莫非他有股份在里面?哈哈哈。

周一并没有全天满课,上午一节下午一节,学生没心思听课老师也没心思讲课,知道我们第二天都要去阆中,所以大家课上基本都在闲聊。

上美学课的时候,老师还跟我们开玩笑说学校收那么多钱去阆中不太合适,而这话显然跟我们的想法不谋而合,对呀,这钱简直就应该包含在学费里才对啊。不过老师让我们去阆中是给我们安排了任务的,所以不去的话虽然可以省下来一笔钱,但是估计这学期要挂科了,两相比较,还是老老实实地听学校的安排吧。

出发这天早晨7点我就起来了,拿着室友的小箱子,戴个帽子就出门了,不过起床的时候听见了下雨声,背着个单肩拿着个行李箱再撑把伞走到正门门口是有点困难的,路上因为没手拿也没有买早饭,不过到了等车的地方有人买了好多就一起吃了,差不多在雨里站了半个小时的样子大巴才出发,司机说大概需要5个小时的车程,而且大家又起得那么早,于是乎,全睡了……

到阆中基地之后大家都绝望了,居然在山上,这就意味着想自己出门基本是没有希望的了。吃过午饭后大家安排好宿舍就各自回寝休息，说是3点集合一起去古城。到了古城我原本以为大家是要集体行动的，结果是各玩各的。由于当初入校前就跟老妈来过，所以不是很新鲜，但尝试了一下醋泡脚，想象一下，如果把军训完的一双臭脚从热烘烘的球鞋里拔出来伸进醋里泡泡，简直不敢再假设第二步。

老师说第二天早晨再去完成作业，所以头一天我们就没在消费时去采访店家，只是拍了一些照片，吃了一些东西。不过第二天就不一样了，必须以小组为单位一起去古城。大家用一上午的时间完成了所有的项目之后去了老师在来之前强烈推荐的春怡火锅，虽然服务态度很好、消费不高，但真的没法跟大龙燚比。下午自由活动，很多人累坏了，都找了酒店去午休了，而我则是因为要省钱只能选择在网吧午休了……接下来是一个悲伤的故事，晚上回来大家都还不太累的时候我打开了带来的电脑，因为来的时候并不是所有人都拿着电脑的，所以大家都跑过来说想玩把游戏，于是我就让给他们了，结果因为我的电脑有好几个月没有用了上了游戏之后FPS只有7！！！没看错，是7！！！玩了一把大家就炸了。

第三天大家集体去了滕王阁，一起爬山时还没有我们专业老师走得快，说明我们集体缺乏锻炼。中午大巴又把我们送到了古城门口，然后说自由活动不管饭了，下午6点自行回基地也不管车了……呵呵。回到学校之后老师又说晚上有个演出，大家必须都去，掏了门票的。去了之后，原来也是我跟老妈三年前来过的地方，看过的同一类演出，里面除了变脸，其他的我还真没什么兴趣。回基地之后晚上睡不着了，于是蹭了室友的热点看了一晚上的电视剧，周五早晨9点出发返回学校，中午2点到达。成都将近30°的高温差点没把我蒸熟了。

有时候，真的觉得做单身狗特别好，而且，我是真的相信了一句话：没钱，就单身，不是活该，是命中注定。能够压垮我们的不仅是宿命、生死和孤独，最多的是金钱这样的俗物。别说别人现实，是这社会本身就么现实。

因为我们学校是清明节、劳动节、端午节合在一起放假，所以下个月比较美好。就是因为快放假了，老师要求我们每个人找一部动画片片段配音，前提是不可以找美国的迪士尼动画，并不是说他们的动画不好，而是因为需要练习我们配音，而美国动画片比如说《花木兰》啊《冰雪奇缘》啊几乎没有哪个片段是不唱歌的，所以这些动画片被老师统一淘汰了。刚开始我们还觉得找个片段肯定没什么难度，反正小时候看过那么多的动画片都是可以的嘛，事实证明我们看过的动画片未必都好配音，或者说未必适合自己的声音来配。举个例子，拿动画片《西游记》来说，如果是男生的话，你就必须配师徒4人的全部音效，声音必须分得特别清楚才可以。如果找的片段里有男妖的情况下对自身的要求更高。如果有女声，可以找个外援来帮助你一下下。所以到最后时刻我实在是不知道该选哪部动画片了。室友给我推荐了《星游记》第三集中的一个片段。这个动画片我连名字都没有听说过。不过看的时候我确实是笑了，是给10后的小朋友看的吧。为了能完成作业，我听室友的话下载下来了，其中有个女皇需要找个外援来配音。周一下午趁没课的时候我就跟我的好外援一鸣一起在录音间录完了所有的配音内容。

在录其中的一个反面角色的时候，那声音有点像我们看过的2001版《笑傲江湖》里东方不败的声音，结果配出来的效果连老师都问我，是不是两个男生一起配的。我当众给大家演示了一遍后老师直接点赞，开心死了！

我的发小特儿在广州上大学,今年6月份他就毕业了,周三通过电话之后知道了我们五一放一周的假,死活让我去一趟广州。想想大哥都叫了我3年了,今年他又快毕业了,不去真的有点不合适,就答应了他,之后立刻就后悔了。我拿啥去啊?看了一眼机票,贼贵。连续好几天都没有理他,想让这事稀里糊涂过去,把我这发小急得从周五开始每天给我打电话啊语音聊天啊,弄得我有点尴尬。一咬牙,算了,终于在上报五一去向表的时候填了个外出旅游,目的地:广州。看了一下机票的价钱,倒是还可以接受,但是最便宜的那班是28日早晨的,那天有专业课,可除了这班飞机是1000元以内的价格之外,就再没有这么便宜的了,之后想着要不给老爸打个电话问问情况看看他愿不愿意帮我买吧,决定了之后就拨通了他的电话,一番寒暄之后我最终还是没有张开嘴要这张机票,问了他最近的身体状况之后突然觉得说不出口钱的事,最后还是把电话挂了。想想要不算了,编个理由跟特儿说我不去了,暑假再去吧。可这个电话我还没来得及打过去,特儿又来电话了,说是已经安排好了我去广州的一切行程,好吧,这算是彻底把我逼近了死胡同,默默看了一下卡里的余额,咬了咬牙买了票。买好之后截图发给了特儿。特儿很开心地跟我说来机场接我,给我找酒店啊什么的,到了他那边一切都不用自己花钱,我心里有些不安,怪不得说一分钱难倒英雄汉。

　　刚好云儿五一要回家,而且提前了好几天出发。

　　临走的前一天我通过滴滴找了一辆顺风车,是凌晨5点半的,因此我就一直没睡觉,5点整拎箱子出门。将就吃了一点就直接坐上车出发去机场了,跟我同行的还有个女生,我不认识,不过肯定是我们学校的,快到机场时特儿给我打了个电话,坐我旁边的姑娘跟我说我们俩是一班飞机,有同行的伴儿感觉还不错。之后办理登记时知道她跟我一个年级是电视班的,这样一来就有很多专业话题可以聊了。两个半小时后到了广州,拿到行李之后我跟那个校友就被各自的朋友接走了,约好走的时候一起买票。特儿因为没有驾照,所以直接带我体验了一把北上广的地铁之旅,先是带我去了一趟新疆餐厅一条街,去那里就坐了好久的地铁,酒足饭饱之后又是两个小时的地铁才到了他们学校,我的天,直接就给我累趴下了。

到了之后,特儿跟我说他妈在广州正给他看房子呢,我要入住的这个房子就是阿姨给找的,特儿带着我在他们大学村里七拐八绕的,好不容易看到了一个感觉像危房的小宾馆,直接就醉了,当时我就脑补了一个画面,这不就是警匪片里罪犯经常待的那种地方吗?不过进了房间感觉还好,可能就是因为这地方太偏外面才感觉那么简陋狼狈吧,没想到房间里居然还有钢琴,特儿跟我说这就是他们学校给熏陶的,之后我问他现在住哪儿,他说跟女朋友住一起,他妈妈另外租了一间房,这样说来。特儿在学校的床位是空着的,既然这样就没必要花钱住宾馆了,直接搬去他宿舍住得了,反正特儿的室友我基本都认识,不存在什么沟通问题。之后我们就把房间退了,直接搬着东西去了他宿舍。他们宿舍就剩三个人了,还有一个也是从我们新疆考来的,放假的时候老在一起玩的博凯,还有一个是安徽的军哥,大家都比较熟,正好特儿晚上也不在,在他们宿舍还有人陪我玩。

原本打算在广州多玩几天的,但是感觉每个人都很忙,所以很自觉地买了3日的机票回成都,正好我们5日晚上要开班会,6日就要开始上课了。我买到票之后就跟特儿说了一声,结果他坚持说要留我多玩几天让我把票给退掉,我婉拒了,这家伙晚上还要陪对象,待两天意思意思行了,临走的前一天特儿带我去他家说他妈请我吃饭,我过去之后吃到了久违的拉条子,哈哈。原本阿姨以为做得太多了还想多叫几个人来一起吃,都被特儿一一回绝了,结果我们俩吃得就剩了一点点,阿姨才发现要是多叫一个人来的话都尴尬了。

晚上回去之后博凯跟军哥说第二天要期中考试,正好我十级的钢琴底子还在,可以帮他们看看背谱有没有错什么的,跟他们说有时间去成都我带他们玩。3日一早特儿就赶回来要送我去机场,我跟他说不用了,太麻烦,他跟我说阿姨也来了,之后我让他们把我送到地铁站就让他们回去了,我自己晃了3个小时到了机场。讲真,不是我不喜欢大城市,是大城市让人很不方便也很烦,所以我感觉跟这里不是很投缘,我是2点的飞机,11点半就到了机场,感觉无聊就微信问那天一起来的姑娘到哪儿了,她告诉我说还得等一会儿,她坐的滴滴堵在路上了。正好我也饿了,就在附近找了个肯德基先吃,她到了已经快1点了,过安检的时候我突然觉得安检强度除了新疆,第二可能就是大广州了。

等飞机的时候岳岳来电话约我,我跟他说我下午才到成都,我们小岳居然说开车来接我,盛情难却就答应了,等我们上了飞机不晓得发生了什么情况,飞机快3点才起飞,而且一路上非常地颠簸,好几次我都差点忍不住吐了,快下午6点的时候,终于到了。下了飞机先给岳岳打电话,结果这家伙说刚刚租到车,我心想这是什么节奏,但人家既然已经来了就安心等等他吧,并嘱咐他路上慢点开,好嘛,等他到的时候已经快7点了,还好夏季天还挺长,到了之后他又让我们转去1号航站楼的停车场找他,吐血啊岳岳。早知道这样,我下飞机叫辆车,这会儿舒舒服服躺在自己铺上已经该睡醒了吧。

又长了一岁

我并不是十分想过今年的这个生日,只不过在五一去广州之前已经跟大家说好了,大家都买了礼物准备过来给我一起庆生,我这个主角突然说不过了肯定很扫兴。

云儿让我很头疼,本来我以为她五一回家的,结果她去了北京,跟我解释是找心理医生还要在北京的公司顺便工作几天,说话前后矛盾我开始也没觉得有啥大毛病,但是那几天她不知道跟什么人每晚都在三里屯喝通宵,今天KTV明天工体,这样没有底线的女友让我超级受不了,一气之下跟她提出了分手。

生日当天是周一,先把所有的课程都老老实实上完,下午6点跟大家在小菜一碟见面,今年我喊的人很少,除了平时玩得非常好的立阳、胡杨、岳岳之外就是一个学姐、一个大一的学妹,说实话我是很喜欢这个学妹的,不为别的,因为她是电竞社的成员,可以带着我一起打游戏。

已经开始点菜了,云儿打来电话问我在哪里,其实我并不希望她来,朋友们也都听说了我俩的事儿,原本一桌人开开心心的,她来了之后气氛急转直下,瞬间没什么人说话了。我就对她说吃完你先回家忙直播吧,她走了之后气氛才渐渐活跃起来。吃完饭在岳岳的盛情邀请之下我们去了他那个还没有盘出去的酒吧,看样子是转不出去了,要烂在自己的手里了。看来一腔热血地想挣钱不大现实,我要不是当年被老妈兜头浇灭了火儿,这会儿应该也守着个烂酒吧哭丧着脸不知道盘给谁去,唉,因为年轻,火总是一点就着,也总是不撞南墙心不死。这个生日大家还是比较节制,12点之前就结束,统统回校。

9日那天学校好像是有什么领导来检查,非得让我们这些大清早没课的学生去录音间装勤奋,摆拍不说,中间的空档还给我们讲了一堆注意事项,准备要回答的问题,具体会问谁只有天知道。总之,谁掉链子,就处理谁。不过运气好的是,我们在录音间坐了1个小时也没有领导来视察,估计我们的录音间太靠里边了,领导懒得走了。

　　这周的重点就是找广播剧,但是那节课讲最重要的细节时估计我去厕所了,老师说不可以找同性恋题材的话我没听见,偏偏涉及了这个题材,结果在这周上课的时候就超级尴尬了……老师在那里念我的稿了,同学们都激动不已,七嘴八舌地让我把它做出来听一下成品,因为上次做的动画片我配了东方不败的音,似乎是征服了全班同学,看来广播剧的剧本要重新找点了。

　　自从大二开始,我就感觉学校对我们的要求没有那么严格了。大一刚进校的时候,抓得最厉害的就是早晨的练声,大二的时候,就成了雷声大雨点小了。我们当然开心了,但是对一年级的小朋友们来说就有点惨,去年夏天老师告诉我们要分方向了,然后告诉我们下一届要比我们早一学期分方向,那时候我们才恍然大悟,为什么他们的课那么多,简直就是高中生嘛。据说他们这一届是要把我们两年的课程压缩在一年半的时间里全部学完,而今年的新生还有新媒体的课程。这在我们刚上大学的时候是没有的,而我们当初学的sam软件也被学校淘汰,换成了AE。不过这一点我之前在实习的时候就发现了,sam的操作比较复杂,而且很多庞大的重复性工作用这款软件不方便,这也就是我们每次用它做软件苦不堪言的原因,除了大量的重复工作之外,还要担心电脑随时崩盘,很多单位早就淘汰了sam。

说这么多不是要告诉大家我们学的东西没有用,而是想说我们学校变牛掰了,如果不是为了与时俱进,干吗要一届一届地试,看哪一届学生出来最厉害就按哪年的来。尤其是最近很多检查,动不动就是参观,拍照,暗访的,都是为了学校更上一层楼。

这不,好不容易周五了,大家都想着上完专业课可以好好休息两天了,结果辅导员通知我们明天12点到2点全班上课,因为学校生日校庆,很多传媒院校的校长都会来校参观,周六校庆的环校直播,就交给我们班了。我跟搭档被分到了下午5点,做半个小时的财经新闻,只有周五一下午的时间必须做好所有的准备,确实是比较仓促,好在大家拼尽全力完美地完成了老师布置的任务。好钢要用在刀刃上,粉要搽在脸上,校庆这重要的日子,谁掉链子谁一辈子在母校抬不起头。这个道理我们懂得。当天基本都是大一的孩子们在操场上迎接来宾,我们在幕后给大家播环校。

从上个月开始,不知道怎么的,我每天晚上会感觉胸闷喘不上气,接下来就是无休止的心脏疼,起初我以为是自己熬夜的恶果,因为酒这玩意除了生日那天喝了点外,一般情况下基本不喝了。一直以为没什么大问题,可是从广州回来后情况越来越严重。到现在变成晚上完全睡不着觉,能疼一晚上。我觉得不对劲了,正好这周三下午没课,辅导员说下午拍毕业证件照,于是上午去了一趟华西医院。医生并没有告诉我究竟是什么问题,就问了一下我有什么家族遗传病,瞬间不想沟通了,只问他能不能治好,然后这医生给我开了一堆中药,让吃半年。我醉了好吧,一个学生花四千多买那么一堆中药我上哪儿去煮药啊?不动脑子!没办法我也不敢乱吃那些治心脏的西药,想的先这么着吧,至少白天是不疼的,晚上疼的时候忍忍就行了。

但是理想很丰满,现实很骨感。晚上疼的时候根本就忍不住好吗,医院这个地方真是不好随便去的。小时候我记得就是去做个体检,才11岁的我被查出来有脂肪肝,当时就把我吓哭了。之后查出是误诊,现在倒好,本来是没有那么疼的,去了医院之后——好了,算是彻底睡不着了,这一天天地睁着眼睛等天亮人快崩溃了……这样的情况下宿舍完全就没法待了,于是我就搬到了校外。

但是每天晚上门禁之后辅导员都要我们每人发小视频给他看看,我们在没在学校,之前我给老妈说过这个事情,当时也确实是因为准备出去实习,现在完全是身不由己才做的决定。周四的时候给妈妈打电话谈到外宿的事情让她生气了,不得已我只能跟老妈说了我现在的身体状况,本来只是想让她理解我,不要再阻止我出去了,结果老妈在电话里直接就哭了,搞得我更难受。

我了解我自己,什么事能拖就拖,所以如果不是老妈要求我暑假回去治病的话我想我还是不会回去的,无论如何现在的我不想给家里添加任何的麻烦跟负担,我现在只想工作,自己挣钱养自己。跟妈妈解释之后我并没有告诉我们的辅导员老师,我是因为这个原因才出去住的,既然老妈已经同意了那就没有什么顾虑了,直接硬刚呗,大三最后一个月了,让我搬来搬去的还不嫌麻烦。全大三只有我们班每天晚上要给辅导员发一句话发小视频,同学们怨声载道。不过,话是这么说,球球我还是理解他的,身为年级主任管理我们严格一点是他职责所在,而且球球就比我们大三届,他是2014年从我们学校毕业的,年轻老师想在学校站稳脚跟,就要凡事谨慎,对自己的前途负责,如果我们出事儿了他也就没有什么将来了,所以我也是在征得妈妈同意之后才会选择这么做,不过无论怎么样,他都还是我的辅导员,带了我一年的球哥,我这个人虽然别的不擅长,但是我会记得别人对我的好,都会记得……

6月一到,期末考试周就不远了,因为学院大四几乎都是实习,一般没有课程了。下个月结束之后,就意味着我们的大学生涯基本结束了。快放假时,我似乎没有了以前假期的兴奋感,总觉得好像是要参加工作了,或者下一年只有毕业作品这一件事情,对于上了快20年学的我来说,不知道到底应该做些什么。因为养病的原因没有去上课,落了很多课。晚上跑了一趟朋友的餐厅,浩楠下周就要答辩,即将毕业了,这两天也在忙着把自己的店往出盘,差不多过几天就会关门,最近也没有进什么货,今天免费请我吃了顿大盘鸡,聊天时我才知道这货都到这会儿了居然连毕业作品都还没有弄,想来估计是他自己有办法吧。酒过三巡,浩楠跟我说他这四年几乎什么都没干,也就今年重修的时候在学校这里开了个馆子,不说赚了多少至少有个正经的事情在做,进校前三年就是不想上课,就想出去玩,他学的是导表专业,毕业之后也不知道自己能干吗,只能先回新疆,有个朋友在新疆做旅游,他准备先过去那里上班,边干边打算吧,实在不行老爸还给他准备了两个商铺,总之是饿不死就对了……

听他说完这些,我感觉自己更迷茫了,我似乎跟浩楠一样,不知道自己能干吗。虽说在大学里每年都跟着招生组参加当年的艺术招生工作,来提升自己的经验,但是毕竟还是以体验的形式为主,并不是我们真正意义上的社会工作,之前在电视台电台实习的时候就已经有所感悟,今后的路就像浩楠现在这样,绝对不会比我们想象的更好走,如果没有什么其他的好想法,还是要暂时专注于脚下,一步一步来。

这周高考,考试前就跟我教过的学生说了一句考试别紧张。结果,还真的有个孩子在考试的时候不但不紧张,还偷瞄了前桌的数学选择题,好嘛,估完分了跑过来对我说他数学25分,我就问他为什么不自己做,结果这孩子说当时前面那姑娘说她是三中的学生,他觉得三中的学生肯定特别厉害,而自己的数学真的是闭着眼睛答一遍选择题,分数都比自己写的强,所以就更相信别人,后来才知道那姑娘是县三中的,其实两个人的程度差不多……这就让我无话可说了,说实话这个孩子是今年我带的三位考生中艺术专业最好的一个,而且因为是锡伯族,常年生活在伊犁地区,不但普通话说得好,锡伯语维吾尔语哈萨克语都很熟练,小伙子长得也是又高又帅,还拿到了浙江传媒播音专业的合格证,说实话我真是希望他最终能进浙传,这也是我对自己艺术培训的一种高度认可,可惜啊,这孩子三门文化课估分下来大概只有110分左右,这个成绩别说进浙江传媒,连大学都没得上了。我真是感到痛惜,许多传媒类高手就是因为文化课的原因最终进不了特别好的传媒院校,虽说到时候大学的起点不一样,真正进入社会了也不一定就因为没有进入一个特别好的大学而耽误一生,由此,我越来越觉得高手在民间这句话是相对真理,永远保持一颗谦虚的心,天外有天、人外有人,你永远不知道那些比你更厉害的高手隐藏在什么地方呢。

到月中就没有什么课了,不过这最后一次的机动周学院也没让我们闲着,在上课的时候我们就知道有些班的同学毕业论文都写完定稿了,我们的专业老师似乎比较淡定,一直都没有跟我们提这件事情,到后来我们才知道学校有规定——每个毕业指导老师每年只能指导30位毕业生的毕业论文,我们的刘老师带了3个班将近100人,当然就选他认为比较容易指导或者是自愿找他指导的学生了。

经过大三一年的专业学习，我认为刘老师是个比较严谨的老师，或者说是一个比较古板的老师，当时我对于自己的毕业作品已经有了一个较为详细的计划，大概是做一档关于NBA的广播节目，而刘老师有自己的偏好，比如说可能更喜欢去指导一些常规的毕业论文，如：新闻啊，环境保护啊之类的，总之我是这么认为的。因此，在本周选择毕业指导老师来进行开题报告时，我就直接把刘老师排除在外了，后来跟朋友商量，想着去找教我们话剧台词的仲老师辅导，仲老曾经在新疆话剧团工作过，可能更容易理解我的思维，并且我感觉他比较偏爱我，于是兴冲冲地去找了仲老，结果仲老带的这批毕业班学生已经在准备三稿了，而我们还没有开题，并且他主要在指导广播剧，对于我们班的学生，他抱歉说如果广播专业有10个学生的话他就可以接，这么多真的是精力跟不上，如此我们也表示理解。

　　就在我们一筹莫展不知道该找哪位老师时，泊宁说他找了范老师，是教他们大二的专业老师，而且他2015年去过新疆参加招生工作，可以去找他，于是我跟隔壁寝室的帆帆直接跑去录音间找了范老师。范老师很高兴我们能找他做自己的指导老师，虽然学生人数超了但还是收下了我们，并嘱咐我们，他很严格，让我们不要有一丝丝的懈怠心，在经过一个多小时的修改之后，范老师在我跟帆帆的开题报告上签了字，也就意味着我们考试前的所有事情全部解决了，现在就是静等考试了。

大三即将结束

　　6月9日开始，就是我们大三第二学期的考试周了。除专业课是分两组来进行考试之外，其他的所有考试都会在周五之前结束。因为今年的专业课是以我们的毕业作品为考试的内容，几乎每人的考试时间都会在25到30分钟之间,所以在一天的情况下没有办法把全班人的节目都听完,不巧的是我被分到了第二组,也就是下一周才考试,分过了组之后考试顺序还是以抽签的形式来决定谁先谁后,如果我这周考的话,差不多这周末就可以回家了,之前听小姨说我老妈去廊坊书市的时候把脚给摔骨折了……家里没有人照顾,老妈出门只能暂时坐轮椅,所以心里比较着急,我给刘老师说了一下情况,看看能不能把我从第二组调到第一组来,刘老师表示只要有同学愿意跟我换组那就没问题。一打听,大部分同学不太愿意这么早回家,毕竟家里没有什么急事,一些同学大四不回学校的也想在学校多待几天,所以很多人愿意跟我换组呢,真是开心啊哈哈,这样一来这周我就可以完成所有科目的考试任务了。

周一周二两天晚上连续的美学心理学考试,周三周四的两门实践类考试我没有参加,因为之前因病缺了将近三分之一的课,按照要求必须在第二年重修,所以也就没有参加考试,不过正好趁这两天好好准备了一下周五要考的专业课,我觉得什么课都可以重修,唯独专业课是绝对不可以的,学的就是本专业的知识,到头来如果连专业课都不过那就太悲伤了。

因为机动周养成的懒习惯所以周五的专业课考试我选择下午那场去考,2点半到了直播间时,刘老师已经开始让大家来准备抽签决定顺序了,不巧得很,我是第一个,其实倒也没什么,就是想先看看别人是怎么做的自己好有个心理准备,而且自己做的东西是不是老师感兴趣的话题……但是这只臭手啊,既然已经抽到了那就只能给别的同学先蹚路,上了。

打开电脑,调音台,找到自己事先录入的即播单,我的大三最后一门考试在2点40分正式开始了——这次的作品只能算是一个初级作品,说白了也就是为了专业期末考试量身定做的,先捋清楚一个大致的方向出来,整个作品有三个板块,分别是历史上的今天、新闻快递与传奇队史……全部作品按照指导老师的要求控制在了25分钟12秒,不过令我特别吃惊的是,刘老师在听完我的节目之后,饶有兴趣地说,原来你们现在崇拜的都是科比、詹姆斯这些人了,当年我们都是看尤因大梦这些人打球的。这话一出我顿时傻眼,当时只顾自己喜欢的类型,但却没有去深入发掘一下,早知道刘老师在体育方面造诣这么深,说不定真的会接我这个毕业生呢,唉,好遗憾!

考完试,对于我们大三结束的学生来说就已经是放假了,很多跟我一届的校友都不打算今年回家,要么就是大家一起约着出去玩,要么就是为了大四的毕业作品在学校附近或者成都找个临时的工作一边上班一边弄毕业作品。我经过范老师微信介绍也来到了一家培训机构做了一名播音老师。但是因为前两个月心脏的问题老妈坚持要我回家一趟检查一下身体,彻底没事了再回成都。我想这样也好,也可以顺便照顾一下老妈,因此就先跟老师打了声招呼,告诉他我8月初回来上班,下个月要回去检查身体。本来立刻就可以走的,一查机票实在有点贵,就不打算坐飞机回了,坐火车的话也不想一个人寂寞地坐两天的火车回去,那简直就是折磨人,正好这周大二、大一的学生也在考试,我就跟几个学妹商量了一下一块买了火车票,比起机票来省下的钱够我坐火车走4个来回了。

云儿不打算回家,直接在她老师的工作室开始工作,5日走的话我还可以多陪她两天。28日晚上,云儿突然跟我说晓晓明天要送一只猫到我俩的租住房,那只猫是她大一时在春熙路捡的,之后就让晓晓一直养到现在了,今年晓晓准备去武侯区上班没有办法带着猫猫一起,正好我明年还有重修课所以干脆给我们带过来养,我是不太喜欢这种软乎乎的活物的,尤其她说了是只黑猫的时候,脑补下画面觉得也不漂亮。不过我只是心里这么想,既然云儿舍不得,那就她来养吧,我也没有多说什么,反正我过两天就回乌鲁木齐了。

第二天一大早晓晓跟她男朋友拿着太空箱猫沙猫沙盆碗跟猫粮就来了,我还没起呢,就让他们折腾去吧,我翻了身继续睡,睡着睡着突然一个毛茸茸的东西在我腿旁边蹭来蹭去,直接把我吓醒了。

那只猫来我们家已经有几天了,我从刚开始的特别不习惯,怎么看怎么不顺眼,到现在基本接受了同住一个屋檐下的现实,只是还是特别不能忍受它上我的床,尤其是我晚上正睡着的时候,坚决不喜欢它来打扰。小时候在姐姐家里玩,她们家的小猫抓伤过我,因此让我心里跟这家伙有点隔阂,而且那天晓晓说这只猫小时候在外面野长的,不太认人,所以我们喊它的名字时它一般是不搭理我们的,这只猫认得的也只有晓晓一个人,可能是因为养的时间比较长的原因,估计我们带上个一年左右也就没什么问题了。猫比较宅,后面的几个晚上只要它上床我就直接把它踹下去,这几天已经好多了,最起码知道我晚上睡觉的时候是不能上我床的,我们也在沙发上给它弄了个垫子,晚上它就在那里睡了,等我回新疆的这一个月,学校这边也差不多没有什么人了,到时候云儿有个小猫陪应该也不会太害怕。

5日中午云儿专门请了假说要送我,本来想的跟同行的学妹她们一起走就不用那么麻烦的专门送我一趟,我是觉得让云儿送过来她自己还要一个人打车回去,有点浪费么,不过她硬要送我也不好再推辞,一到火车站我就让她回去了。跟我同行的是两女一男,四个人在一起彼此都有个照应,不过我们四个人只有一个人是下铺,还是有点不方便,想起我们去年十个人一起回家,整个车厢几乎都是我们的声音,两天时间过得非常快,这次就感觉到比较凄凉,在火车上大家也就打打牌吃吃饭然后各看各的手机,或者强迫自己一直睡觉,终于在7日的早晨到了乌鲁木齐,剩下的三个孩子家都是石河子的,所以他们还要在火车站接着买票回家。

最后一学期暑假

这次回家是我作为大学生的最后一个暑假了,如果老妈脚不骨折我也没有什么身体问题,今年就跟着大家一起去上班了。但是回家照顾一下老妈还是必需的,回家以后每天感觉闲得慌,平时就是起来之后把该做的家务做了,在老妈的指导下做一两个菜我们两个吃,到了下午七八点的时候天儿稍微凉一些,我就推着轮椅带老妈去公园里面转一圈。因为每天都去,到了后面我们进公园都不需要安检了,直接可以通过。老妈不很重,但是因为天热每次回家我还是满头大汗,而且刚开始没经验,居然穿着白裤子推轮椅,结果回来车轮子把我的白裤子蹭得不像个样子了。老妈不觉得这是理所应当的,每次都很心疼我,其实我也只不过干了自己应该干的事儿,之前我不在家时都是小姨推我妈去公园。那个轮椅不轻,有时候我推着上坡都有点吃力,实在是想不到我小姨那么小的身板怎么推着我妈上的那个高坡。

16日中午,我小学同桌叶子突然联系我想请我帮个忙,说是想来我们家拍乌鲁木齐的夜景,顺便过来看看老妈,之后叶子说让我先去她家,她妈妈请我在她家吃饭,盛情难却就去了。因为小时候大家都是邻居,之后搬走了也没有离我们的老房子有多远,下午5点多到了她们家之后,叔叔阿姨还认得我,问了问近些年的情况。吃完饭,叶子收拾好她的单反我们就出发了,坐在我的车上她还有点害怕,因为我第一次出来开车剐蹭时她就在车上,不过我告诉她现在不比以前了,我现在的技术还是不错的,毕竟也是几年的老司机了。

  叶子到我们家还给老妈提了一箱牛奶,叶子很懂事,看得出妈妈很喜欢她这种类型的女孩。本来是想先跟我妈聊天的,不过拍夕阳只有那么一会儿的时间比较好看,所以就让她先紧着自己的事来,后面老妈估计想的又不是我女朋友第一次来就提牛奶,可能有点不好意思就让我带人家出去吃顿晚饭。我当然愉快地答应了,出去吃叶子就不用那么拘谨了。

  第二天,姥姥给我打电话让我去一趟伊犁,那边有个阿姨找我有事情。没过一会儿一个小姑娘就加了我微信,回复是我姥姥让我加我,之后我才知道她是老妈朋友的女儿,我小时候还教过她弹钢琴,因为想考我们学校而专门找我的。我看姥姥那么上心,于是17日就坐了去伊犁的火车。本来我以为是高二的孩子准备艺考呢,结果这孩子今年已经考完了,是我们学校表演专业的17名,问题是我们只录取17人,她妈妈各种疑问怎么没有被录取,如果可能的话能不能让我给找路子走个后门啥的……虽然我觉得阿姨这个想法很幼稚,不过我还是耐心地讲解,艺术考生的名次存在并列,就比如说如果第一名有一个,第二名有三个,那这样的话就没有第三第四了,下一个排名就是第五,所以说如果前面有并列的人,那这样的情况录取17人而没有录取17名就很正常了,再有,走后门这种想法纯属天马行空,根本就不可能实现。

  不过她们也不是没有退路,最终她还有北京一所专科学校可以选择,像我这样学了几年播持的人当然是动之以情晓之以理地告诉她考上了就去,别再想有什么捷径,虽然考得不是很理想,也许进去了就不觉得学校不好了,人生不是事事都能顺着自己的意愿走的,当然如果有选择的权利那更好,如果没有的话就欣然地接受,肯定会有意外收获的。在伊犁总共待了一周的时间,除了头一天跟那个阿姨一起吃饭之外,其余时间都是在带这个学生,说实话这孩子比较可惜,条件不错就是高考分数不够,不过好在有个大专能走也OK吧。

25日回到乌鲁木齐做了体检,结果哥们啥病都没有,我就纳闷了,那些痛是实实在在的呀,难道是我潜意识中不想在学校受束缚,想在外面租房找不到合适的理由,身体在帮我忙吗?(好久以后才知道,罪魁祸首是疝气)于是就买了8月5日回成都的机票,那几天除了日常陪老妈以外,剩下的时间就是约一约在新疆的同学跟朋友,中学同学聚会,让我有了一些心得,就是不要随便把不认识的两拨朋友,约到一起吃饭或者聚会,很容易尴尬的。两拨朋友就是两个圈子,两个世界,彼此话题不同,笑点不同,不相为谋。更重要的是——污点不同,更不相为谋啊。而且你要同时照顾两拨人的情绪,很容易顾此失彼的。试想一下,一拨人已经在混社会了,一拨是你的大学同学,两拨人毫无共同语言,会集体尴尬癌的啊。所以,订好了5日回成都的票之后,4日晚上发小加同学老缪说给我好好践行一下,我坚持小范围到就我们俩,地点选在我家马路对面的烤动力。因为今年大家都是大四,感觉之后见面不会那么容易了,于是点了很多平时都舍不得吃的一些菜,但是上来之后我俩立刻就后悔了,说实话以后点羊排啊羊腿啊这些东西的时候一定要慎重,我们点的羊排根本就让人难以下咽嘛。好在找来了经理之后她还是比较友好地给我们退了那盘菜。

我们聊了很多,老缪打算今年回哈尔滨考研,考上的话就去读研,要是考不上他爸爸就让他到上海去上班,而我现如今的打算就是回成都,先把病假期间的挂科清理一下,然后再找个工作,至于明年毕业之后的事我还没有想好,但不想考研了,脑子里就想着毕业之后出去上班赚钱,不想一个大男人再让妈妈养着了。我俩聊到大概凌晨3点左右结束,回去之后收拾收拾箱子也没有睡觉,6点多跟老妈告别去了机场。

在这里我不得不喷一下某小航空公司,行李超重100克就要给我按超1公斤去处理罚款,要知道我刚上大学那年坐的南航,行李箱超重6公斤都没有任何问题,当然我也不是说超重就没问题,重点就在100克上,很明显也不是故意的,多出来这么一点点重量也要这么算真的非常让我们这些普通旅客失望。带着一肚子气上飞机,还开得像荡秋千似的,真的差点吐出来,发誓从此以后再也不会选择某小航空公司。

下了飞机云儿来机场接我,看到她的第一眼就感觉这一个月瘦得很厉害,估计我不在时,她也就不怎么好好吃饭了,而且学校周围小店放假时也都不怎么开门。回来的当晚就一起去了犀浦的大龙燚好好吃了一顿火锅。曾几何时,我是非常不喜欢吃火锅的,但是不知道从什么时候开始,尤其是我这次回新疆之后,突然有段时间不吃大龙燚了感觉特别的想念,云儿一听这话,点了巨多的菜,我们俩完全吃不下去,之后也只能是浪费了,其实我还是很心疼的,好言好语告诉她以后不能这么点菜,毕竟刚刚见面不能因为这种事情跟她闹得不愉快。

回成都的第三天,我们养的猫忽然反常起来,非常的不对劲,上蹿下跳的,怎么哄、安抚它都没有用,我还挺纳闷地,当时并不知道发生了什么事。下午我俩出门后,客厅的灯居然掉下来了,还好当时不在家——原来是九寨沟地震了,吓得我们晚上都不敢睡觉了,因为房子是租的,而且学校也离都江堰更近一点,之后我们只能通知房东过来把灯修好,房东说如果我们不放心的话就在外面住几天。

因为这次猫咪的表现出色,激起了云儿养其他东东的兴趣。有一天,云儿突然对我说再养只狗行不行,当时我的反应就是你顾得过来你就养,反正我不插手。之后的某天晚上来了几个比我们大一届的学生,牵着一条有点像柯基的狗,我一下就明白了这是养不了了送给我们养了,狗狗的名字叫摩卡,还不到两岁。摩卡跟猫咪的第一次见面,让我笑得躺床上都起不来了,两个小东西居然在厨房打起来了,之后的几天都是狗跑去猫的地盘吃猫粮,猫跑去狗那里吃狗粮,后面带它俩洗澡的时候宠物店的姐姐说不能让它俩混着吃,还告诉我们它们这是在争宠,争属于自己的领地。瞬间明白了,原来小动物的脑袋里也有这么多想法,这才决定了把猫关在厨房里养,尽量别让这俩家伙见面,省得见面大家心情不好。

第四章

大四,你可安好

现在才明白,什么叫白驹过隙。感觉大三的暑假刚过,大四就飞过来撞在脑门上了。学生们在上个月月底前几乎都来得差不多了,从外面夜市的规模也能看得出来人是越来越多了,8月初我刚回来的时候,整个街上的小摊不超过10家,现在整条街道都是满的,也意味着我们要开始上课了。

我,今年大四,本来不应该回到学校,但是呢,因为大三的时候生病导致我大四开学时还有几门课程没参加考试,所以只能留在学校重修,没有办法,交了学费之后,发现有很多小伙伴跟我的情况一样啊,还有一些人居然给发了课表,感觉他们的大四生活会忙过大一的新生,至于我呢,只有一门课需要每周二早晨去上,还有两门课是到了11月中的时候一门上周六周天两天,一门选修连上6天,还有一门是可以在过两天的笔试补考中补过的。总体来说我的量不是太大,但是会比较烦人,一周只有一次课,生怕自己忘记,必须专门在周一的时候弄个备忘录才可以,一周只有一节课,其他的时间还是很多的,每天似乎还是重复着原来的日子。上几节不痛不痒的专业选修课。以过来人的姿态远观着大一大二的小鲜肉们撩妹,捂嘴一笑,恨不得过去直接做示范:小妹妹,来,我们谈谈人生吧。

我开始将目光放在学校周围,看看有没有什么适合我干的职业。

我在"58"上发布了自己的信息,几乎都是离学校10公里范围的地方,而且上班居然要先交钱,有个公司打电话给我说公司地点就在我们学校正门旁边,这离我算是相当的近了,我就屁颠屁颠地跑过去看了一下,结果那家公司是一个贷款公司,自从出了被骗贷的事情之后,看见这种公司真的就没有什么兴趣去做,虽然在这里离家不远,也能有不菲的收入,最后还是拒绝了。

以前上学的时候特别希望放假,但是今年我觉得平时上课外面清清静静的还蛮不错的。

这一年的大多数时间里,我都在问自己关于方向、未来、发展、待遇等等这些以前不是很清楚的东西。

我开始参加一场场招聘会,把自己打扮得像去相亲一样(相亲我还就不打扮了)。早上起来恨不得对着镜子多练会儿表情,因为一天的主要内容就是得体得微笑。站在招聘会、双选会的冗长队伍里。一站就是三四个小时。我翘首等待,心里想着给我个舞台吧,您就瞧好吧。同时心里嘀咕着,这些人,都打哪儿冒出来的呀。看看四周,都是和自己一样收拾得道貌岸然的样子,人群中的我,暗暗拿自己和周围的人作比较,一会儿踌躇满志,觉得自己很牛×,一阵子又灰头丧气,觉得自己很卑微,到了这个时候,没有社会资源人事关系,你就知道,什么事都得脚踏实地不能好高骛远。

这一年,看遍了人间冷暖。我喜欢的单位,别人不喜欢我,我看不上的单位却总向我举起橄榄枝。有的面试者微笑着拒绝我。有的面试者臭着脸打击我。当然了，客客气气与居高临下的结果都是一样的。其实过程的滋味也都相同。

很多时候在洗手间里对着镜子问自己，那些考官看起来也就一般人，为什么我就不行！

如果时光可以倒流，我一定好好地多考几本证书。不论有没有用，不论身边的人是否同我一样。

大四的这一年，我知道了：没有如果。

考研的同学看着找工作的我们，觉得自己日子苦逼枯燥。

找工作的我们羡慕考研的同学有目标。

我开始思考人生，畏惧走入这个未卜的社会。

我曾经无数次地想要自己赚钱养活自己，但在求职的经历中我看到了自己的不足和校园生活的美好。

我终于明白——成长让人觉得心累却已没办法后退。

我终于懂得——你看着嘻嘻哈哈的人，转过身去，没准就在长夜里痛哭了。

我的大四，不求天天开心，只要天天不烦。

特儿国庆的时候要从广州过来成都跟我一块玩几天，特比我高一届，今年6月他就毕业了，这段时间他老妈让他考宁波艺术团，估计是这两天表现得挺好，阿姨让他过来找我了，当他老妈给我打电话的时候我才知道他居然是坐火车来的，跟三年前我们在长沙那次一样，不过也可以，火车站的路我还是挺熟的。第二天下午，我租了一辆车，晃晃悠悠地就去了，因为是国庆，就知道市区里没有几辆车，连出租车都少得可怜，所以我也不用担心堵车的问题，非常愉快地走完了平时肯定要堵将近两个小时的路程，不过到了火车站车还是有点多的，很多车都进不去火车站，然后我也学着他们的样子把车停在天桥下，就跑到站台里面去找我的好基友,这家伙倒是来了陌生地方一点儿也不害怕,我还没进去呢就远远地看到一个戴着超大耳机的人一晃一晃地给我招手呢,哈哈,因为怕车停在那里会被交警贴罚单,就让他速速地跟我走,到了车上再好好聊。

一路上有说有笑的,见到老朋友还是很开心的,当天晚上就让他在我的租住房附近找了个酒店住下,我那里一室一厅有狗有猫的也不方便,后面天天带着他去吃成都的名吃啊火锅啊,我在学校的这几个朋友也没有放过任何一个灌他的机会,特儿在广东待了这么长时间,肯定对辣椒比较敏感了,再加上天天带出去吃辣的,喝凉的,给我这大兄弟彻底整懵了。快走的那两天跟我说想喝稀粥,带他去玩一下就行了别吃饭了。后来带他去了一趟成都的欢乐谷,特儿跟云儿两人一人玩了一次蹦极,还拍了照片。兄弟走的那天正好是周二早晨我有课,就目送他坐了个滴滴自己去了火车站,约好过年新疆见。

天气逐渐变冷了,晚上云儿在屋里直播的时候我在外面上网,这时候我的手机突然响了,是郫县万达的一个销售经理,说看到我的简历让我明天过去见面。我勒个去,现在是凌晨4点,敢不敢再晚点打来,不过因为这个人在电话里确实打动了我,第二天我就找了一个代课替我听完了周六周天的重修课程,当时这哥们儿胆肥地问我要不要考试也替我考了,我赶紧说不用,毕竟我只是周六有事,周天下午的考试必须自己去,万一被发现了不是本人可就凉凉了,哪还有脸再见人呢。

周六一早我就来到了郫县万达,给我打电话的人是做房地产销售的,见面之后意思也就是让我跟他一起卖万达周围的商铺,卖得好的话每个月能赚10万不是梦……嗯,这话我听听就行了,如果真的能卖出去那么多何必要招我这样的还没毕业的学生呢,本来也是想来这里试试的,结果听这哥们儿说话这么浮夸也是真真儿的没什么兴趣了,等回到学校的时候已经是下午了,替我代课的人说截止到5点那个老师已经点了7次名了,我每次听课的时候,老师从没这样点过名,真够狠啊!作为资深好孩子,我对"点名"这件事是又爱又怕。比如说,上台领奖或者演出时,再或者哪次出了意外考了全班第一时,这样的点名让我迷恋甚至陶醉;但是,如果挨批评写检查回答我不会的问题时,点名真是一件令人恐惧又万念俱灰的事情。

　　11月就开始考试了,之前每次去听课老师也不点我名,倒数第二周,我主动走到老师身边,老师看到我说,最近你听课比较认真。老师接着问我:上周的作业带来没,我立刻拿给老师看,虽然没有什么亮点,但老师还是比较满意。跟老师交流之后还是很开心的。

　　最后一周,也是最后一门的考试:12月29日,其实前一晚上我慌得根本睡不着觉,我怕老师问我的问题我不会……其实大可不必这样,因为大四的老师一般是不会特别为难学生的。当然,再害怕也罢,该来的还是来了,下午2点整我就在教室门口等着了,老师在上课前10分钟便到了,考完之后我瞥见考试单上填了通过两字。付老师,学生在心里默默地表达感谢了。考完出去遇到了我们班的同学,我记得这货一节课都没有来听过,我跟他说进去好好考试,用成绩说话。当然了,最好能诚恳地告诉老师你没来上课的原因。给他支完招之后我一身轻松地回去了。至此,我所有的重修任务已经全部完成,心情大好,趁着回乌鲁木齐前几天又在成都跟朋友胡吃海喝了几顿,全然不知道自己的身材已经严重走样了。

　　我的2017,并不是完美的一年,在经历了各种事情之后,希望即将来临的新年能够赐予我好运气。

毕业前夕

跨年的那天晚上,干妈喊我跟云儿过去吃饭,去的是金牛万达那边的红杏酒家。其实,我感觉跟我干妈家里人吃饭,人一多云儿就会很紧张。饭后跟干妈说我们自己去玩,晚上住在了附近,第二天我们逛金牛万达时偶然发现了一家没去过的新疆餐厅,我就要回新疆了看到这家餐厅倒不是很有兴趣,不过云儿想吃,进去之后感觉并没有锦华的那家菜品多,不过量是很足的。

这段时间一直都是我带摩卡,还真处出了感情。我真觉得摩卡除了不会说话,其实什么都懂。我人一进门,小家伙就知道我的心情如何,见到的所有的陌生人只一眼它就明白,谁打心眼里喜欢它,谁暗地里烦它。我甚至教会了它用马桶并给了它可以卧在我床边的福利。

有个叫悦悦的女网管是我的新疆小老乡,今年已经毕业了,可能是想留在成都玩一年再回去,所以就在我们学校附近的网吧当了网管,这姑娘可是巨喜欢摩卡,每次她上班的时候都让我带摩卡过来,然后基本我就见不着摩卡了,直接被她给领到吧台玩去了,再后来连我都跟着这臭狗狗有了特殊待遇,来了以后什么饮料都是免费。

临回乌鲁木齐前的那天,云儿说她也是晚上的动车去重庆,然后到北京,我俩就合计着干脆把两个小家伙放去寄养店,云儿寒假不回家,所以寄养一周左右她就回来了。摩卡这家伙我感觉是有点聪明过头了,我们带着它到了店里之后,宠物店的姐姐刚把绳子解下来准备放它进笼子,这家伙嗖地一下就蹿出门了,我隔着玻璃看它跑了都懵了,云儿跟着跑出去追,我才反应过来也赶出去追,从水榭那边一路跑到学校正门附近,云儿边跑边喊已经泪流满面了,我心里也挺难受的,一边劝她一边带她回宠物店,猫咪还在那儿呢,那个姐姐看见云儿哭得挺伤心也不知道说什么好,这个场面大家都没有想到,我们在朋友圈里发了请大家帮忙找狗的动态之后也只能回去收拾行李了。云儿坚持要送我去机场,我没有拒绝就一起去了,这次回家我跟泊宁坐一班飞机,他老早就在机场等我了。我过安检的那一刻云儿直接杀回学校了。

命中注定狗狗丢不了,帆帆跟少林都是我大一的同学,他们俩在之前聚会的时候见过摩卡,加上我刚刚发的朋友圈,他俩立刻就在学校正门口认出了摩卡。帆帆的电话瞬间就给我打来了,估计摩卡是被吓着了,他俩一路追摩卡,摩卡一路往我们住的那个方向跑,帆帆为了哄它还买了根烤肠,估计摩卡跟我一样是个不爱吃猪肉的狗狗,哈哈哈。这时候我想起来网吧的小老乡,如果是悦悦喊摩卡,摩卡一定听话,就给悦悦打了电话,帆帆和悦悦一碰面,悦悦朝摩卡叫了一声,摩卡果然不跑了,摇着尾巴直接跟她回了网吧。我的一颗心终于放下了。

一进家门,老妈便问我脸怎么肿了,刚开始还以为我是被谁打了,后来上了电子秤,我才终于知道大学刚进校时只有60公斤的我,现在变成了刺目的79公斤,这让我下了决心,到了该减肥的时候了。这个大四,我把自己养成猪了。

我艺考前带过我的专业老师开了一家艺术培训班,这个地方叫新疆软件园,园里企业很多,估计办教育的也就这一家了,我到的时候师父正在给学生上课,索性也就没有敲门,在门口听他讲课,不由得回想起了他曾经给我上课时的情景。我师父,带我的时候还是一名大三的学生,如今已经是某电视台的新闻播音员了,当年喊他老师,出师之后喊他哥,如今他有了新的艺名,听里头的学生喊他方老师,就在我听得出神的时候方老师突然把门打开了,看到我之后很开心地让我进教室,那俩学生估计是除了方老师好久没有见到外人了,那男生感觉脖子快赶上长颈鹿了。当晚我们点了外卖在师傅的办公室里吃的,师傅还是一如既往地会照顾人,我认识的跟他同龄的这些朋友里,他应该是给我感觉最成熟的一个,也可能是他始终拿我当学生当孩子,吃饭的时候我才知道培训班是去年夏天开起来的。饭后还听了一下个别学生的稿件播读,自备稿件就是我当年用过的,所以方老师专门让我听了一下,我感觉孩子读得还是相当不错的,考虑到方老师平时要给他们上课之外还得来回跑电视台录制新闻,正好这段时间我没有什么事,就说愿意在他这里帮忙,师傅很爽快地答应了,还谈到了如果毕业之后有兴趣的话希望能够一起干。这样,过年前的这段时间我就有事情做了。除了几个要艺考的学生之外,寒假还给一些高二的学生与艺考生一起进行了为期15天的集训,而我的工作就是在这15天的时间里做师傅的副手,他不在的时候给学生上课,早晨带他们练声,晚上监督他们背文章,顺便当宿管老师。

  我也在思考,来这个学校实习,如果将来不打算做老师的话,我能学到什么呢?也许是一丝不苟的教学态度和被学生们信任的愉悦感,工作是令人快乐的。

  1月23日正式开工的那天,我拿到了课表,见到了师傅的合伙人周老师,第一眼真把她看成一个学生了,师傅告诉我周姐已经30岁了,好吧,保养得真不错。所有学生都是以将来考播音为主,不过在课表上还写着编导表演形体之类的课,一天的课几乎排满了。第三天的晚上,新来了一个学生,家是库尔勒的,是跟着妈妈一起来的,已经很晚了学生们都在背诵稿子没有睡觉,那孩子感觉是怕老妈的,当阿姨走了之后师傅进来问他,你抽烟吗?这小子非常肯定地说了句:不抽!师傅笑了,看了我一眼什么也没说就出去了,就在师傅关上门的那一瞬间,这家伙直接跳起来对着大家说:"兄弟们,快给我一根烟,我扛不住了!"

我早就猜到了会是这样一个结果,其他几个孩子没有说话,我默默地递过去一根烟,顺便帮他点着,他可能以为我也是学生,估计老师不会跟学生住在一起,看着他那些许赞赏的目光,我明白了这家伙应该在高中里是个一等一的浑小子,把我当他小弟了,几个孩子估计都没憋好屁,看我这样他们秒懂了,都不吭声等着看好戏。饱饱地猛吸了几口烟,那小子说:"你还挺会办事儿的噢,你家哪儿的?""我乌鲁木齐的。"之后他又转头去问其他两个学生的情况,然后突然就暴怒了:"为啥你们的头发都那么长!我们那个垃圾学校我真真儿的是没法儿活了!"

眼见着快深夜2点了,第二天早晨还要上课,我就对着下铺说了一句:"小宇,去把灯关了。""好的,李老师!"在一片黑暗里我想象到了那小子瞬间石化的表情。

实在是睡不着。不过在随后几天的接触里,新来的这孩子算是所有学生里面最聪明的一个了,无论是播音、形体还是舞蹈,他永远是学得最快的一个,但也永远是最不用心的一个,并且话很多,这种学生在高中阶段百分之百是不受老师待见的,但是他选择了播音专业之后,当年看似最大的缺点又变成了最大的优点。对于初学者来说,腼腆不敢张口是最常见的现象,而他完全就没有让我或者师傅有这种顾虑,时间长了大家在一起过得很融洽,虽然他们每天的睡眠时间大约只有5个小时。

这段时间,我努力地在孩子们身上找回自己曾经的记忆、或许能够更清醒地认识自己。我试图揣测每一个孩子的性格以及适合他们的学习方法和交流态度。我掏肝挖肺地跟他们说：要学好专业课啊！他们微笑着、带着一副必胜的表情：知道了！谢谢李老师。就像我当年的愚蠢样子。我甚至可以隐隐看到我的话音从他们的左耳朵进去又从右耳朵飘出来的样子。

15天的集训过后，所有高二的学生都回家了，剩下的4个人是今年要参加高考的，集训结束时，师傅就把这段时间的工资结给了我，并交代我此时就可以回家了。我觉得在这里对自己也是一种提高，我喜欢这种氛围，于是一直到大年三十的前一天大家彻底结束之前我都没有回家，这段时间几个学生比较放松，背稿件的速度超快，这样在晚上还可以拉着刚刚成年的小宇跟我和师傅两个"90后老人"喝点小酒，其实大家都有不顺心的事，也许只有喝了酒之后才会说出来，不知道那天是怎么了，平时藏在内心深处的事情我说了很多，紧接着，师傅也讲了很多我从来没有听过的心事，也许那一次的交心，坚定了我之后想跟他一起打拼的决心。

  集训结束那天是2月14日，情人节。原本打算中午过后跟着学生一起去昌吉玩玩，正好有个学生家长要请我吃饭，结果云儿突然打来电话说马上就登机了，目的地是新疆。挂了电话之后全场哗然，学生们自然是觉得没有我的场子很不尽兴，而师傅则表示理解，说这是情人节来查岗了。没有办法，我只能拒绝了学生们的盛情，回家放下行李立刻赶赴机场。

  云儿在新疆只待了3天，妈妈让我安排她住酒店，因为是过年期间，所以没有带她好好出去玩，不过好在3月1日我也就回成都了。

  感觉校园似乎变了样。从什么时候开始，找不到玩球的兄弟，也没有了玩篮球的激情了，叫外卖的数量越来越多，楼梯口堆着满满的泡沫饭盒。整天对着电脑,越来越不知道自己要做什么。

原来,我大四了。

大四消融掉我的头发,也弄丢了我蓬勃的激情和梦想。钱缺得要死,孤独富得流油。几乎一夜之间,感觉身边的人开始穿得西装革履,像卖保险的职员一样。还经常从房间里传来某人自我介绍的声音。

我开始为发际线焦虑,照了一张免冠照,不知道是不是用人单位喜欢的那种类型。

辗转反侧的长夜里。开始盘点自己四年都有哪些收获。党员、优秀学生干部、优秀团干……都是别人家的孩子,曾经的不屑和嘲笑,变成如今的后悔与遗憾。写简历的时候才发现,想撑起点厚度是那么那么的难。

总之,大四是这样的一年,有时候狂歌痛饮,有时候泪如雨下。

大四的学生,才真正会体验到一个人的孤独,它根本讲不出口。就仿佛一个姑娘还没化好妆呢,就被人一把推上了人生的舞台,你走到哪里还都惦记着自己眉毛只画了一边,可还要挤出笑容平复心情,然后装作充实向上的、一脸阳光的好青年的样子,每个人都只有一个信念,早一点有自给自足的经济能力。

到了说再见的时候

四年,水滴石穿
四年,成就非凡
是否还记得星光湖旁的长椅

是否还可以想起上课迟到时的场景

南风又轻轻吹送

相聚的光阴匆匆

我想告诉你的是

学校的樱桃熟了

……

看到群里球哥发的这首诗时,我的眼眶立马红了。

终于,到了最后一学期,时间真快,大学生涯就这样匆匆流过,看着大一的学弟学妹们,感觉我们真的老了,看到他们就想起大一的我们,稚嫩、傻气、朝气,现如今,我们大四的学生,好像一个男人到了开始发福的油腻中年,常伴左右的,是空虚和茫然。

不论是放假还是游玩,最终回到自己学校所在的城市,看着那个熟悉的机场,总是觉得亲切。一点一点,我喜欢上了成都,喜欢那拖着长腔的川音,喜欢浮满辣油的火锅,喜欢她的小资与安逸,喜欢这座城的灯火,这里是我想安家立业的地方。

云儿让我陪她去重庆,她的室友准备结婚了,她是伴娘,所以早早就买了3月1日去重庆的机票,不过等我到了重庆后她的飞机才从太原起飞,还好也就两个小时的时间,我就在机场找了一家星巴克,她差不多晚上10点左右到了,因为结婚的地点不在重庆市,是在南川,我们到了之后在市区找了酒店住下,第二天才有人来接我们过去。

记得刚认识云儿的时候,跟她的这个室友见过面,感觉那姑娘不是很喜欢说话,而且还在宿舍楼下搞了个卖首饰的小摊,这次再见她都要结婚了,这么早就把自己托付出去了,胆儿可真肥。到了南充,安排好住宿之后大家一起吃饭,说是要早点休息第二天很早就得起床。我到这里纯粹是来打酱油的,除了云儿的两个室友我谁也不认识。婚礼现场蛮感人的,不过对于我来说也就是当时那一瞬间的感动,在这个快餐时代,连感动都停留不了太久了。

返回重庆时我们没有停留,4日下午就叫顺风车带我们回了学校。第二天房东来找我们,跟我们说如果不续租了这两天就要搬东西了。我们俩像火车站投奔工地的小工一样各种大小包外加一只猫,简直快疯掉了,不过到了新住处全部收拾妥当之后感觉一下就好了,租住房就在云儿妈妈给她买的房子的马路斜对面,她家房子因为才装修完所以暂时不能住,我俩就在这里凑合到毕业了。

这段日子,我做过好多事,当过主播、送过外卖,甚至,开了一段时间的滴滴打车,给云儿和自己买了最新款的苹果7。直到这时,云儿的爱情已经陪伴我走过了两年。我在日记里记载着这一路的喜怒哀乐,分分合合,一点点地从幼稚到成熟。或者我们应该把它归于平淡或是一种升华。但是接下来或是我们早已意料之中的,仍然是离别。

大三下学期,因为各种不同的原因,我们不停地发生争执。越来越不信任对方,彼此的心也越离越远,越来越敏感。其实,一开始我俩都知道结局,后面所有的折腾都是为了拖延散场的时间。

都说毕业季就是分手季,我和云儿还是硬挺了一阵子。云儿对毕业作品似乎不是很着急,不过她们班是一组人一起搞一部作品,而我们一人一部成品带稿件,所以要提前做,她还是一如既往地每天直播,我就趁她直播的时候去楼下写我的毕业作品,有时候她播完了睡不着也会跑下来在我身旁玩游戏。多想告诉她,我想安静地写东西,你回房间去玩。这种时候,虽然极其难受不过我还是忍住没有说出来。

毕业后,我们的感情经历了半年多的冷静期后,各种矛盾再次开始爆发,因为类似的原因,我们吵过N遍了,因为我俩是在夜店那样的地方相识,又因为读懂了彼此的眼神当晚就去开了房。一开始,我的确有很渣的思想,没有打算珍惜她,但处久了有了感情后便想许她一个未来,想不到最终,还是分手。分手的导火索,还是因为她戒不掉的夜店,我们这三年,仿佛在原地画了个圈。说心里话,我特别想让喜欢的人看到自己上进的样子。但其实她们也许更喜欢看到你富有的样子。钱,是很俗气,但也很温暖,它是一个人面对世界刁难时最有力的武器。有时候,无爱能活,没钱根本没法活。时间是可怕的,但我不愿意看到一个人活得越来越没有顾忌。

男人改变世界,女人改变男人的价值观。

为什么我们很难跟一个不十分爱的人凑合了?我们这一代,即使再随和,再包子,也知道自己喜欢什么不喜欢什么,所以对于不喜欢的人和事,是很难忍耐的。

其实男女交往的最好状态就是,双方都没有觉得自己在付出和牺牲。

和云儿最后一次见面,是因为想摩卡了,我毕业后返回成都时,请朋友把摩卡抱出来见一面。云儿一听我的朋友去借狗,立即知道是我从新疆回来了,硬跟着朋友来到宾馆见我。她美貌依然,我去意已决,并决定以后再也不见摩卡了。转身离去的那一瞬间,脑子里涌出一首诗,完全不记得在哪里读到过,或是在哪里听到过:

> 如果你的灵魂住到了另一个身体
> 我还会不会爱你
> 如果你的眉毛变了

眼睛变了
气息变了
声音变了
爱还会不会存在
只有一样东西能让我们平等
那就是痛苦
……

别了,云儿。人生中的平衡感永远取决于他人,真心希望你幸福,如果你过得没我好,我也会黯然神伤。相爱一场,我真心祝愿你一帆风顺,并且善待你那天底下最好的妈妈!

我始终相信,上天一定会赐给我一个特别的女孩,她与我共度风雨人生,我会给他我的一切,爱她如爱我自己。我会开车带她去我熟悉的饭馆吃饭,把她介绍给我的兄弟们,带她去见我的亲人并且让她成为我的至亲。

《奇葩说》中有两句话印象很深——

马东:随着时间的流逝我们终究会原谅那些曾经伤害过我们的人。

蔡康永:那不是原谅,那是算了。

谁说过的,爱情就像一场大病,过了,就好了。

好多鸡汤都喜欢说——就是在这样一个又一个无法避免的错误里,我们慢慢长大。成长不是变得世故冰冷,而是变得宽容通达,接受不完美的自己,接受不完美的人生。

说得真好,但是你还是一样的要面对一个残忍的东西——现实。

写到这里的时候,又得知一位男生因为女友的移情别恋,从自己学校的楼顶一跃而下。网上雨点般的惋惜与指责。作为旁观者,我们可以骂他没有责任心,自私,完全不顾及含辛茹苦的父母。但是,他的那种绝望、那种愤怒、那种挫败我深深理解并懂得。在这里,我真的好想对妈妈和姥姥说一声谢谢。在我上高中的时候,在我情窦初开的时候,妈妈和姥姥对我没有像其他家长那样严防死守。说实话,现在的孩子想要偏离航线,多高明的手段都是守不住的。甚至,在妈妈出差时,我偷偷跟姥姥说,想把女朋友带到家里吃顿她做的饭,姥姥根本没有甩出一连串诸如:马上高考了、不要早恋之类没有任何意义的话来教育我,而是愉快地答应了。我的校花女友后来念念不忘在我家吃过的那顿饭。尽管我们后来劳燕分飞,但是,这一切都让我的小心脏坚强了许多,面对感情问题的时候能够稍微理性一些。

所有那些为了爱情不惜生命的男孩女孩,其实他们都是好孩子,他们在高中时一定都是埋头做习题做卷子没有谈过一场恋爱的好学生,进入大学校园了,还像一张白纸一样纯洁,他们不明白初恋就是用来回忆的。当他们珍视的一段感情可笑地由一方挥刀斩断时,他们是无法面对的,若性格开朗阳光些,哭几场,喝几场酒,捱一段日子,慢慢也能自愈,最怕的是憋在心里什么都不肯说、也找不到倾诉的人,等他们憋不住的时候,唯一的解脱就是毁掉自己。

还记得我喜欢的那首歌:

> 推开窗看天边白色的鸟
> 想起你薄荷味的笑
> 那时你在操场上奔跑
> 大声喊我爱你你知不知道
> 那时我们什么都不怕
> 看咖啡色夕阳又要落下

你说要一直爱一直好
就这样永远不分开
我们都是好孩子
异想天开的孩子
相信爱可以永远啊
我们都是好孩子
最最善良的孩子
……

好孩子的执拗,许多人不懂。

姑娘们,兄弟们,请记得那些甘愿为你做一切,毫无保留地对你好的人,因为他们本可以不这样。若你铁了心要离开的时候,请记住,这个人明媚过你青涩滚烫的青春岁月。分手时,拜托了,吃相稍微好看一些。

毕业导师说今后找他签论文可以直接来春熙路,最近他都不在学校,这下我挺开心的,从租住屋到春熙路特别近,这样就省了很长时间的车程,在改一稿之前,我们接到了学校通知,让所有大四还有挂科的学生回学校办理一下自主学习,要是没有资格的就留在学校里跟班上课。我和同学们到了教务处的时候,各种看脸色。抱歉我想说句脏话:那位老师是不是早更了,为啥脾气会那么大?老刘人比较的刚,直接把单子一撕,说了句:老子不要毕业证了,便扬长而去。虽然之前跟球哥闹得有些不愉快,但这次球哥真的为我们尽心尽力了。如此我才安心地离开学校,去好好准备我的毕业作品。

之前在寒假时跟师傅说好4月份回去上一个月的班,所以在回新疆之前想尽量把毕业论文的一稿二稿全部搞定。顾不上睡觉,点灯熬油改完两稿之后,随便吃了两口东西就直奔春熙路,帆帆跟侯哥已经在那里等我了,大家都是一个导师就约着一起去,他们更辛苦,早晨也不知道几点就爬起来从学校那边赶地铁过来。半年不见感觉侯哥被晒黑了,据说他是去当马术教练了,每天在草原上策马奔腾想不黑都难。

到了范老师家之后才发现这是一个公寓,我们在路上各种猜测,哇,老师贼有钱啊,在春熙路买房子。到了以后才知道原来就是一个普通的工作室,还是我们想多了。

范老师认为我的稿件需要改动的地方还有很多,仔细跟我说了诸多细节之后让我回去继续修改,其他人的也是或多或少的有些问题,总之是谁的都没有签过。

老老实实用了一周的时间修改,第二周,范老师将见面地点改在春熙路的新民土咖啡。跟帆帆约好了之后我们俩是最早到的,范老师却已经等着了。以前来春熙路就是纯玩的,从来没有想过来这里边喝咖啡边谈作业。经过上次范老师的指导,我的稿子修改后好多了,剩下的也是一些细小的问题,老师大笔一挥给我把一二稿全都签了,一下感觉风和日暖啊。这样一来我就有时间回去带学生了,等到大家全部开始修改三稿的时候我再回来。

当时没有想到事情会这么顺利,还以为是持久战呢,看来只要用心、付出的努力都会有收获。可以回家了!因为临时买不到折扣大的机票,无奈之下买了一张经停西宁飞吐鲁番的机票,虽然时间长了点不过价格很便宜,加上经停的时间差不多飞了10个小时才到了吐鲁番,然后再紧赶慢赶地跑去动车站坐动车回乌鲁木齐,回到家里真正是累瘫了。

休息了一晚就去了师傅那里,培训中心从原来的软件园搬到了万达中心,当时我去的时候还在装修,也不是特别忙,跟师傅聊过之后感觉自己这次是白跑了一趟。事已至此也没什么可说的,还是回成都继续沉下心搞毕业作品吧。这样,回新疆不到一周时间我又跑回了成都。不怪任何人，怪我自己太着急了，碍于情面什么都没有问清楚，比如工作量啊，工资待遇啊什么的，不过还好，吃一堑长一智，今后我就不会再忽略这些细节了。

五一前，因为一些个人的事情需要兄弟帮忙，于是就跑了一趟广州，特儿毕业工作了比较忙，阿姨在广州给他买了房子，这次就不用跟他住在外面的出租房了。在广州的几天，事情办得非常不顺利，心情也不是特别好，有时候走路会想问题想到出神，结果没想到他们小区里居然有蛇，而且还是那种眼镜蛇，吓得我们拔腿就跑。后来出院子都是绕道儿走，再不敢经过他们家楼前的花园了。

从特儿这去机场让我觉得特别地烦，要坐很长很长时间的地铁，到了机场飞机又晚点6个多小时，真是一趟很衰得广州之行。但是呢，还要夸一下"歪果仁"的做事风格，一场演出，事先说好的价钱，绝不会刻意刁难，进门就付钱，并且非常尊重你的劳动。

回来之后的第三天范老师要求所有同学都要把三稿签完，那两天格外忙碌，好不容易三稿签完了，一块石头终于落了地。泊宁在我生日那天一定要我陪他去安仁古镇拍毕业作品，本来不想去的，后来才知道他是让我给他当司机，他没驾照根本没有办法去。转念一想毕业作品这么重要的时刻，兄弟有难当然要帮一把了，于是就租好了车带着我宁哥去了，晚上回来大雨滂沱，在春熙路吃了顿大龙燚算是庆生了吧。

离真正的毕业还剩下一个月时间了，球哥在群里通知大家，5月15日之前必须定稿，这样才能参加答辩。后来听上届的学长透露15日前能定稿的就是第一批答辩，在那之前没有完成的只能晚一周答辩，好在我已经定完全部的三稿了，而且广播的成品也不像电视那样复杂，在完成三稿的同时成片也出来了,参加第一批答辩还是比较有把握的。

又回到学校了,感觉熟悉又陌生,一进教学楼,就会明显地感觉到,特别熟悉的面孔都回来了,许久不见的老师突然见到会感到异样的亲切。仿佛又回归了刚开学那会儿上台自我介绍的讲台……

这里已经没有我的宿舍了,以前租的房子也退了,只能在学校东门附近找了家酒店住,我知道15日那天,球哥办公室肯定堵得连进都进不去,所以回校当天我就在跑毕业作品的事情了,果然让人头大得很,不但要填一大堆的表,而且所有人的参考文献格式都不对,大家就从播持楼到小春熙这样来来回回进进出出,有时候看子晨她们直接能从女生苑抄近道过去我就更羡慕,天又热人又多心又燥,在打印店里居然有人吐了,估计是中暑了,一时间味道非常难闻,弄得心情更糟糕。

两天里跑了17趟来回之后,我的答辩稿终于被球哥封起来了,并通知我6月2日准备答辩,之后几天的日子可谓是多姿多彩,今天跟谢老约个饭,明天和室友聚在一起互相吹牛,后天又是枫哥两口子带着他们家的狗来跟我住在一起,我心里明白,这样喧嚣闹腾的日子不多了。

这四年里,我们几乎喝遍了川传周围的大小酒吧,无论多晚,只要一声召唤,我们立马打了鸡血般地穿上衣服,或翻越校门或翻越高墙,总之最后都能奔赴酒精迷醉的现场。就是在这样一场场的酒局中,东南西北的学子们喝出了友情,喝出了爱情,也喝出了交情。

彻底告别少年时代,从分别开始。

6月1日,这一天就这样来了,唱不完离别的歌,喝不尽的离别酒,曾经有过矛盾的,有过分歧的,拌过嘴的,打过架的,都相拥哭泣,握手言和,或许我们谁也不知道,此去一别,何时再见?

吃了散伙饭,大家就各奔东西了。可能这辈子是最后一次在一起吃饭了吧。

聚餐的时候,氛围没有我想象的那么伤感,因为大家都在思考着第二天答辩的事情,就这样吃过午饭匆匆忙忙地告别,准备答辩了。

感谢大川传,让我成长了,感谢所有的老师,感谢同学们,感谢生命中的这一场相遇相伴,我同屋的兄弟们,有缘的同学们,并肩战斗的队友们,从此我们将各奔东西,天涯沦落,相识却不一定再相逢了。我会永远永远祝福大家,但愿重逢时,酒杯碰在一起,不是梦碎的声音。

成都是一个包容的城市,毕业后,我把户口落在了成都。四年来,成都成为我眼中最富有诗情画意的地方,日间的宽窄游走,夜间的氤氲流情,似乎织就了一张温情脉脉的网,将我暖暖地裹住。都说少不入川,怕的就是这万种的风情吧。

当年刚上大学时,因为不适应成都的气候全身起大片湿疹,可如今,回到生活了18年的家乡会因为干燥流鼻血。每次年节后,回到成都,才觉得真正回到了家。一个月吃不上几次火锅,好像人生失去了意义,而且无辣不欢。

四年的大学,把一个拌面胃,烤肉胃改造成了麻辣胃,火锅胃。

成长往往意味着告别过去,就像一位作家说的,我们与青春的告别总是不告而别。

时光和失望一样,时光是抓不住后的失望,失望是因为留不住时光。

成长的路上,我们一定会看见许多美好的东西如瓷器般碎裂,比如青春、志气、友情和尊严,许多我们死死捍卫的东西不得不因为各种原因放弃,其中还包括爱情,因为爱的变数最大。

既然无法改变人生的"剧本",那就只好学着妥协,适应。

上大学的时候我很怕跟见识多的人聊天,因为会格外照亮我的无知。

现在我跟谁聊天都不怕冷场,因为我学会了自嘲。希望有一天能够强大到永远接得住话题。

我常常想,奋斗努力后的自己,想要什么样的生活——那便是在一个喧嚣热闹红尘滚滚的城市,按自己的想法活着,做着自己喜欢的工作,工作之余,还有诗和远方,多么完美。

我知道,能活得这么潇洒自如,叫梦想。这一路,有许多看不见的寒冷和深渊,只能够自己去面对。它们考验的,是你经过千锤百炼、早已刀削斧劈难动分毫的内心。没有谁能够代替我去承担,也没有哪本书能够帮我去抵抗。只要记住——当所有人都拿你当回事的时候,你不能太拿自己当回事;相反,当所有人都不拿你当回事的时,你一定要瞧得起自己。

同学们,哥们儿,妹子们,无论怎样,都别忘了自己最初的理想是什么,在哪里。纵使现实总是和它们相差甚远甚至南辕北辙。咱们还是一起喝下这碗鸡汤吧——等你自己可以发光发热的时候,就再也不会害怕黑暗和寒冷了。不论何时,都要有微笑着走向明天的勇气。

你也许永远不知道人生会给你什么,但永远都不要放弃幻想。

对了,别忘了时时跟自己说一句:不忘初心,保持善良的底色!

毕业两年后,参加完一个同学的婚礼,又和几个校友买了一堆"夺命大乌苏"(乌苏啤酒),坐在马路牙子上,就着成都的夜色说星光湖说流年似水说死生契阔,川传就是这样,如一根琴弦,稍一拨动,都是青春的旋律!

后　记

我为什么喜欢播音主持专业

　　在我第一次参加高考时,我从来没有想到自己会成为艺考生。因为当时班里只有一个美术生,其他的同学都是准备走常规的高考路线,直到有一天,班主任发下来一张新疆艺术学院的传单,是关于新疆定向招生的有关事项。其实当时大家就是不想上课,借机出去透透气。所以呼呼啦啦一帮人都请假去考,考不考得上另说,关键是可以翘大半天的课。在艺术学院报名的时候,很多同学没有特长,但不报名回去又不好交差,所以大家基本上都报了只录取一个人的考古专业(基本不涉及有专业课考试)。而我觉得自己小时候学过钢琴说不定能行,于是不知轻重地报了星海音乐学院的钢琴专业,等到了考试的时候才知道我那十级的水平就是来搞笑的,跟人家以后要走职业道路的考生差得那不是一星半点,老老实实地回学校好好复习等高考了。

　　结果那年我的高考成绩不理想。这一打击不小,毕竟初中时的水平让自己有点飘飘然,觉得不管怎么样心仪的大学是不可能考不上的,看着小伙伴们收到一批次的录取通知书时,心里有说不出的滋味儿,那会儿整个人意志开始消沉,也就是那段时间,我学会了抽烟。直到有一所北京的三批次的大学给我寄来录取通知书的时候,才舒了口气。就在准备行装的时候,老妈留住了我,说咱们家又没矿,学什么酒店管理?还说能让我进一所更好的大学。我就满心欢喜地回家等待,结果呢,她让我学播音专业,说是重新复读一年……当时,我的头都快要炸了,抗争无效后,带着一脸的不悦,穿着一身蓬松服,扎着耳钉,顶着一头红卷发,不情不愿地跟着老妈去见老师。估计我当时这种形象没有一个老师或者教授愿意教我,果然,教授看我对他那种爱搭不理的样子,委婉地说了一句,刚开学自己比较忙,会找个特别有经验的学生带我。老妈赶紧致谢,而我甚至没有打招呼就径自走出了办公室。晚上回到家,老妈开始对我进行思想教育。说如果我一直是这副要死不活的样子,那就出去工作,她再也不管我了。

　　说实话当时听到这话开心极了,不管了更好,早就不想让人管了,便跟老爸要了笔钱去大连找我女朋友玩了。回来后赌气跑出去工作了一段时间,具体内容与过程就不详细说了,那真是我高中毕业后的噩梦,不愿回想也不想去想,总而言之,13天的时间,让我见识到了社会是怎么对待一个学历只有高中毕业的孩子的。当年18岁的天真与轻狂让我付出了代价。之后,我乖乖地回家接受老妈让我复读这个事实,也接受了她让我去学习播音主持的专业。实话实说,13天的折磨让我不知道自己还能做什么,感觉再不听话就真的完蛋了,但我不喜欢播音主持,我的录音自己听过,我都不觉得那是我的声音,为什么自己的声音录出来过电以后会那么陌生。

　　老师给我上了我人生第一节播音启蒙课,那真是让我说话说到嘴皮发麻头皮发麻全身发麻，第一次觉得说话累，要推倒之前18年习惯的说话方式，像一个新生婴儿一样去学老师的口型、发音的力度……我觉得太难了，又想放弃了。之后的转折点，是我遇到了改变我人生的一位老师——飞哥。虽然我知道他也是个学生，如果我不复读他也就比我大两届，脑海里瞬间就浮现出了高一时，为了一个半场篮球架把比自己高两届的高三学生揍得满操场乱窜的时光，一时没把他这个同龄人放在眼里，可就在他张嘴播读之后，我心服口不服，你教，我听，能把没有一点基础的我教会算你厉害！我不知道飞哥当时有没有觉察到我的小心思，他教得很用心，做示范的时候很卖力，如果我想要达标，那就必须做到他示范的至少三分之一，可惜当时我真的做不到，绕口令也背不会，而飞哥能把一整本播音教程里的所有绕口令都背下来，临下课的时候还顺带说了一句：这个"喇嘛和哑巴还有化肥会挥发"都是很难的绕口令，你不用背，最近一段时间把它读通顺就可以了。我去（此处省略粗鄙语句），遇到这种带侮辱性的话，我通常就中招了——我明天就背出来给你听。

当天回家饭都没有吃，背了大半个晚上，播音教程书里的所有绕口令几乎全部拿下，除了"化肥会挥发"。心想：这回完蛋了，自己把话撂了，现在没背会，直接打脸了。不过让我意外的是，第二天飞哥听完我背的所有绕口令之后很意外，他可能认为我当时也就是说说大话而已，于是他告诉了我怎么去背"化肥会挥发"的窍门，可以在3分钟之内背下来，果然，我3分钟之内真的背会了，并且领悟到了其中的窍门，绕口令这种东西一通百通。那一节课，对他，我是心服口服。因为不想让他看扁我，我才会在艺考的阶段发奋、努力、拼命。从此以后，不管一篇稿件让我重复去练多少次我也不会觉得烦。那时候我真的觉得他说的话,包括那些励志鸡汤,对我有一种不可思议的感染力。

艺考前一个月他给我上化妆课,那时候我自己是不敢戴隐形眼镜的,我老是怕把眼睛捅瞎了,每次戴只为了打篮球,还是班里的女同学帮我戴。但是去考试肯定不会有人帮了,只能靠自己,飞哥只示范了一次,我按着他的方法一次成功。

在我最轻狂的时候、在我从来不相信老师的那个年纪,他真的是打破了我所有的心理防线,就是不知道为什么,只要飞哥教,我立刻就能学会,越学越感兴趣,耳濡目染,爱上了播音主持这个专业。

热爱改变了我,懒惰如我,居然可以风雪无阻每天早晨7点去公园练声,可以为一篇稿子练到嘴唇发麻,可以静下心好好复习文化课,甚至给不愿意写作业的室友代写作业,说我傻的人不知道我是为了加深记忆。

艺考时,妈妈陪我去了北京,我说,妈妈,我考不上中国传媒大学。妈妈说,你去感受一下中传的氛围,试过了,考不上也没有遗憾。为了不让我早晨赶路,就住在了中传对面的小区,貌似很像样的居民楼,晚上一开灯,蟑螂满地爬,这样的屋子,妈妈也硬着头皮住了。我们参加初试的时候,家长们就在冰天雪地的校园里等着,最终我拿到了六所院校的六张合格证,赶往兰州考试途中,接到了上戏让我参加复试的通知,可我已经没法赶去了,洒泪别过。还有那些我心仪的大学,因为自己不够优秀也含泪别过。

初进校门时,川传不是我眼中发着光的大学;但出了校门,我们自己可以调侃母校,别人——决不允许!

毕业以后,我迫切地想要参加工作,心心念念想随便找一份自己喜欢的工作,拿着几千块钱的工资,过着不用做考试卷、不用背书、不被人管的日子,但是当别人在拼爹拼钱,而我拿着简历在网站不停投递、不停遭遇冷脸,还不断被黑时,我才真正理解,理想在现实面前不堪一击。

我辗转了很多地方。外地的一些城市,我风尘仆仆地赶过去,带一段学生或参加招聘。只为了给自己多些机会和选择。我没有心境和时间在这些城市里观光逗留。

别的同学问起来,你去过的某某城市怎么样,我只能回答一句:机场不是很堵。小伙伴们在谈及一个工作的时候,总是先关注当地的房价,算算自己挣的这些银子,什么时候能买得起一套蜗居。我的理想不再是周游世界,而是养活自己。我虽然渴望着江湖,但逐渐学会了讨好这个社会。

最后,感谢老妈为我所做的一切,感谢她在我儿时练不好钢琴时,在我屁股上飞起的一脚;感谢她在我上大学的第一天就逼着我写日记,用不交日记就断银子的方法逼出了这本书;还要感谢她对我说:我养育你,是因为而且只因为,我是你的妈,我爱你,想要你幸福快乐,我逼你学的一切知识,都是为了让你离自己喜欢做的事越来越近,而不是"成为我心中的样子"。

毕业两年后的我,在成都有了自己温馨的窝,我把心和身体都留在了这里。

谨以此书,献给我的大学生活,献给所有为梦想奋斗的青春!